CLÁR

Pearsana an Úrscéil

Pearsana an Úrscéil

Labhrás Ó Baoill, an scéalaí
(48 bliain d'aois)

Colette Ní Threasaigh,
rúnaí an chomhlachta, *Míle
Murdar!* (35 bliain d'aois)

Dónall de Faoite, Cigire sa
Roinn Oideachais agus
Eolaíochta (64 bliain d'aois)

Áine Ní Loinsigh, iarleannán an
scéalaí agus abhcóide sinsearach
(45 bliain d'aois)

Colm Mac Aogáin,
foilsitheoir (55 bliain d'aois)

Gearóid Mac Mathúna,
ceoltóir agus amhránaí ar an
sean-nós (38 bliain d'aois)

Pearsana an Úrscéil

Tadhg Ó Síocháin, treoraí le *Míle Murdar!*
(36 bliain d'aois)

An Bleachtaire Cathal Ó Brádaigh (63 bliain d'aois)

Fionnbarra Ó Murchú, freastalaí san óstán
(44 bliain d'aois)

Antaine Mac Réamoinn, bainisteoir an óstáin,
(25 bliain d'aois)

Cynthia Ní Shé, freastalaí san óstán (24 bliain d'aois)

Caibidil a hAon

Glao Teileafóin

An fón ag bualadh a dhúisíonn as mo shámhchodladh mé maidin Shathairn. Maidin fhuar, fhliuch i mí na Samhna. Glac uaimse é, a léitheoir, nach ró-bhuíoch atáim.

Ní raibh mé cinnte cad as a raibh an fothram ag teacht nó cén fothram a bhí ann.

Tharraing mé mé féin aníos sa leaba agus *mhúch mé an clog-raidió le hais na leapa. Níor tháinig aon mhúchadh ar an bhfothram, áfach.

Bhí mo chloigeann *ag scoilteadh ina dhá leath *de bharr na póite a bhí orm ón oíche aréir. Cad as a raibh an diabhal fothraim ag teacht? Aláram an tí? Aláram an chairr?

D'fhéach mé ar aghaidh *neon* an chlog-raidió.

8.55 a.m.

Íosa Críost! Céard sa diabhal?

An fón!

---

* mhúch mé *I switched off*
* ag scoilteadh *splitting*

* de bharr na póite *due to the hangover*
* baclainn *arms*

An fón ag bualadh thíos staighre sa halla. B'shin an fothram a tharraing mé as *boudoir* agus as *baclainn na spéirmhná ina caisleán *Gotach i bProvence na Fraince thar n-ais chuig mo leaba aonair i mo theach beag *leathscoite i mBaile Átha Cliath.

D'fhan mé nóiméad ag súil go stopfadh an fón ag bualadh is go bhféadfainn filleadh ar mo bhrionglóid álainn.

Beag an baol!

Bhí orm léimt as an leaba agus mo bhealach a dhéanamh síos an staighre.

D'ardaigh mé an *glacadán.

"Céard sa diabhal ...?"

"An é sin Labhrás Ó Baoill?"

"'Sé! Agus cé tusa?"

"Is mise Colette Ní Threasaigh is tá brón orm a bheith ag cur isteach ort ag an am seo maidin Shathairn ach ..."

Bhí guth milis, *mealltach, siúicriúil aici a chuirfeadh Lana Turner nó Lauren Bacall i gcuimhne duit.

"... ní dóigh liom gur mise an duine atá uait, a Cholette. Níl aon aithne agamsa ort."

"Ná agam ortsa ..."

"... slán leat, mar sin ..."

"... níl aithne agat orm go pearsanta. Ach tá cúis

---

* Gotach *Gothic*
* leathscoite *semi-detached*
* glacadán *receiver*
* mealltach *enticing*

mhaith leis an nglao teileafóin seo, a Labhráis …"

"…cúis mhaith! Cén chúis a bheadh le glao teileafóin roimh a naoi a chlog maidin Shathairn i lár mhí na Samhna is é ag *stealladh báistí lasmuigh den fhuinneog?"

"Mar atá ráite agam cheana leat, tá brón orm a bheith ag cur isteach ort ach má thugann tú seans dom míneoidh mé cad chuige a bhfuilim ag glaoch ort."

"Océ, mar sin, a .. a .. a Chiara …"

"… a Cholette …"

"… a Cholette, abair leat."

"Is mise rúnaí an comhlachta, *Míle Murdar!…"

"... Míle Murdar! An jóc de chineál éigin é seo, a Cholette?"

"Ní haon jóc in aon chor é. Táim *lándáiríre. Is *comhlacht é *Míle Murdar!* a eagraíonn turasanna deireadh seachtaine ar bhonn rialta go háiteanna éagsúla …"

"... níl tú i ndáiríre!" *Murder Mystery* weekends, an ea? An ag magadh atá tú? Féach, táimse *ag* *ag éirí bréan …"

" ... is comhlacht é seo a *bunaíodh níos luaithe i mbliana chun freastal ar phobal na Gaeilge. Eagraímíd turas *in aghaidh na ráithe is tá ag éirí thar barr linn go dtí seo …"

"…ach cén bhaint atá aige sin liomsa?"

6

---

* ag stealladh báistí *pouring rain*

* lándáiríre *totally serious*

* comhlacht *company*

* ag éirí bréan de *getting sick of*

* bunaíodh *was founded*

* in aghaidh na ráithe *every three months*

"Tá baint mhór aige leat. Beidh tú ar an gcéad thuras eile."

"Beidh mise ar an gcéad thuras eile! An as do mheabhair atá tú?"

"Bí *foighneach, bí foighneach," arsa an guth milis, mealltach, siúicriúil arís amhail is go raibh sí ag glaoch orm as a leaba the, theolaí, is gan uirthi ach *négligé* síodúil, *trédhearcach…

"Ó, is duine foighneach mé," arsa mise léi, "nó muna mbeinn ní bheadh an comhrá seo ar siúl eadrainn."

"*Togha!" ar sise, "togha!" Tá's agat go gcosnaíonn ticéad do thuras dheireadh seachtaine *Míle Murdar!* míle Euro."

"Míle Euro! Turas Dheireadh an Domhain atá i gceist agat, an ea?"

"Ní hea in aon chor, a Labhráis."

Nuair a chuala mé m'ainm baiste á rá aici ina guth mealltach, thosaigh mé *ag leá, deirimse leat.

Lean sí uirthi.

"Lig dom é a mhíniú duit. Tá duine éigin tar éis ticéad a cheannach duit. Beidh tú ag fágáil Baile Átha Cliath ag meánlae ar an Aoine seo chugainn is ag filleadh thar n-ais abhaile tráthnóna Dé Domhnaigh …"

"… is cé a cheannaigh an ticéad dom?"

"Níl tuairim agam. Sin an mhistéir, a Labhráis.

---

* foighneach *patient*   * ag leá *melting*

* trédhearcach *see-through*   * ní foláir *(there) must be*

* togha *excellent*

Gheobhaidh tú amach roimh dheireadh an turais, táim cinnte de. Os rud é gur fear singil tú *ní foláir ná go bhfuil scata ban ag *caitheamh na spor i do dhiaidh!"

"Cá mbeimid ag dul?"

"Ná bí buartha faoi sin, a Labhráis. Seolfaidh mé an t-eolas chugat sa phost. Gheobhaidh tú é Dé Máirt. Slán anois."

Leag sí síos an glacadán is fágadh mise i mo sheasamh ansin sa halla i mo *staicín áiféise, an glacadán fós le mo chluais agam is gan orm ach mo fhobhrístí.

* ag caitheamh na spor i do
  dhiaidh *crazy about you*
* staicín áiféise *laughung stock*

Caibidil a Dó

An Turas Bus

Tráthnóna stoirmiúil geimhridh atá ann agus nuair a shroichimid an t-óstán cuireann sé Caisleán an Chunta Dracula i gcuimhne dom. Níor thaitin an turas ar an mbus liom ná an comhluadar a bhí i mo theannta.

Bhí sé nach mór a sé a chlog nuair a shroich an bus Óstán an Droichid Bhig i mBaile an tSléibhe. Tráthnóna fuar, fliuch, dorcha, gaofar a bhí ann *i ndúluachair na bliana. Thug mé faoi deara agus an bus ag dul trasna an droichid bhig go raibh tuile mhór san abhainn. Ar aghaidh leis an mbus ansin suas an cosán caol, garbh go dtí an áit ina raibh an t-óstán. Bhí sé suite thuas ar ardán beag ar thaobh an chnoic. Bhí na soilse ar lasadh ann ach fós féin bhí cuma *sceirdiúil, ghruama, *thréigthe ar an áit nuair a stop an bus sa charrchlós os a chomhair amach.

'Caisleán an Chunta Dracula!' an smaoineamh a rith liomsa ach ní dúirt me tada le héinne de na paisinéirí eile ar an mbus. Tadhg Ó Síocháin ab ainm don *treoraí a bhí againn don deireadh seachtaine,

---

* dúluachair na bliana *midwinter*   * thréigthe *deserted*

* sceirdiúil *bleak, windswept*   * treoraí *guide*

agus rith sé liom go raibh sé féin cosúil leis an gCunta Dracula ina *dheilbh agus ina shnua. Mhínigh sé dúinn ar an mbealach ó Bhaile Átha Cliath go mbeadh an deireadh seachtaine seo 'difriúil' is go mba chóir dúinn ligean dúinn féin 'dul isteach i spiorad an ruda'.

Rinne sé *tréan-iarracht freisin sinn a chur in aithne dá chéile agus sinn a chur ar ár suaimhneas. Ach bhí an tráthnóna chomh dubh, dorcha, *doicheallach sin nach raibh fonn ar éinne a bheith gealgháireach ná cairdiúil agus d'fhanamar inár dtost don chuid ba mhó ar an mbealach ó Bhaile Átha Cliath.

Bhí mé féin i ndrochghiúmar. Bhí mé ag ceapadh go mbeinnse i mo shuí in aice le Colette Ní Threasaigh ach bhí orm suí in aice le seanchigire gruama ó Roinn na Gaeilge sa Roinn Oideachais agus Eolaíochta. Bhí an bheirt againn ag obair i dteannta a chéile is níor thaitin *ceachtar againn lena cheile. Ar an ábhar sin, ní raibh fonn cainte orainn.

Chuir a *laghad daoine is a tháinig ar an mbus díomá orm. Bhí mé ag ceapadh go mbeadh breis agus scór duine ag teacht ach níor tháinig ach seachtar san iomlán. B'shin iad mé féin; Labhras Ó Baoill, fear dathúil, murach an bolg portair atá orm, an seanchigire Gaeilge, an Dochtúir Dónall de Faoite atá ag obair sa roinn chéanna sa státseirbhís liom le fiche bliain ach is beag caint ná comhrá a bhí idir an bheirt againn riamh; rúnaí na háilleachta,

---

*ina dheilbh agus ina shnua
in his shape and appearance

*tréan-iarracht *a great effort*
doicheallach *forbidding,*

offputting

*ceachtar *either*

*a laghad *how little*

Colette Ní Threasaigh, an bhean leis an nguth mealltach a mheall amach as an leapa mé maidin Shathairn; an treoraí, Tadhg Ó Síocháin; fear ard dorcha a chuir, mar a dúirt mé, an Cunta Dracula i gcuimhne dom; *iarleannán de mo chuid féin, Áine Ní Loinsigh, nach bhfaca mé le blianta; an foilsitheoir, Colm Mac Aogáin, fear beag crua ó Dhún na nGall; an ceoltóir agus an t-amhránaí ar an sean-nós, Gearóid Mac Mathúna. Má bhí mé féin i ndrochghiúmar bhí an chuma ar gach duine eile go raibh siad i ndrochghiúmar freisin agus sinn ag taisteal siar sa sean mhion-bhus *gearánach, torannach, *séideánach.

Míle Euro! Ar seo! Ní thabharfainn céad Euro ar deireadh seachtaine den chineál seo. Airgead *amú! Caithfidh go raibh botún éigin ann. Ní fhéadfainn a shamhlú go raibh éinne i measc an tslua ar an mbus a cheannódh ticéad dom. I ndáiríre, ní raibh aithne agam ach ar thriúr acu. Chuir Colm Mac Aogáin leabhar de mo chuid i gcló - lámhleabhar ar iascaireacht shlaite - na blianta fada ó shin. Bhíodh sé mar nós againn bualadh le chéile anois is arís in Óstán an Mount Clare tráth le haghaidh pionta nó dhó. Ní raibh *teagmháil ar bith eadrainn le ceithre nó cúig de bhlianta anuas. Mar a dúirt mé iarleannán de mo chuid ba ea í Áine Ní Loinsigh is ní raibh seans dá laghad ann go gceannódh sí ticéad dom tar éis dúinn scarúint óna chéile. D'oibrigh mé féin is an Dr. Dónall de Faoite san oifig chéanna sa

---

*iarleannán *ex-lover/partner*   *amú *wasted*

*gearánach *complaining*   *teagmháil *contact*

*séideánach *draughty*

Roinn Oideachais. *Níor réitíomar riamh lena chéile is bhí mé cinnte nach gceannódh sé tada domsa muna mbeadh *nimh ann. Ní fhaca mé Colette Ní Threasaigh, Tadhg Ó Síocháin ná Gearóid Mac Mathúna riamh roimhe sin i mo shaol. Mar sin cé cheannaigh an ticéad dom don deireadh seachtaine seo? Bheadh orm Colette a cheistiú ní ba ghéire ina thaobh *a luaithe is a bheimis socraithe isteach san óstán ó fhuacht is ó *dhoineann na hoíche dorcha.

---

* níor réitíomar *we didn't get on*

* nimh *poison*

* a luaithe *as soon as*

* doineann *bad weather*

Caibidil a Trí

Tine an Ghrá

Tá an t-óstán te, teolaí, compordach ón taobh istigh. Tosaíonn an stoirm ag neartú. Ceapaim go bhfuil Colette go hálainn ar fad.

Má bhí cuma ghruama ar Óstán an Droichid Bhig ón taobh amuigh, bhí a *mhalairt de chuma air ón taobh istigh. Bhí an taobh istigh, te teolaí compórdach. Bhí tine mhór ar lasadh sa seomra suite is chuirfeadh sé *Parthas Dé i gcuimhne duit.

Bhí báisín mór puins i lár an tseomra is *gal breá, *cumhra ag éirí aníos as.

Thóg mé an *ladar a bhí sa bháisín is líon mé gloine mhór den phuins dom féin.

"Líon ceann domsa freisin," arsa Colette, a bhí ina seasamh taobh liom, "is aoibhinn liom puins branda."

Thóg mé slog as an ngloine agus mhothaigh mé teas na dí ag sní trí mo *chuisleanna. D'ardaigh mo chroí. B'fhéidir nach mbeadh an deireadh seachtaine seo chomh dona sin tar éis an tsaoil.

---

*malairt *opposite*	*cumhra *fragrant*
*Parthas Dé *God's Paradise*	*ladar *ladle*
*gal *steam*	*cuisleanna *veins*

Bhí Colette níos deise ná mar a cheap mé. Bhí sí ina spéirbhean déanta.

"Bhuel," ar sise liom agus mealladh ina guth siúicriúil, "an bhfuil tú *ag tnúth leis an deireadh seachtaine?"

Bhí an ghaoth ag neartú lasmuigh is bhí an bháisteach ag stealladh i gcoinne na bhfuinneoga.

D'fhéach mé sna súile uirthi.

*D'ainneoin mo dhíchill, mhothaigh mé go raibh tine ag lasadh ionam.

"Táimse anois," d'fhreagair mé, "cé go raibh mé *le ceangal Dé Sathairn seo caite nuair a dhúisigh tú as mo shámhchodladh mé."

Chonaic mé *loinnir na diabhlaíochta ina súile gorma.

"Mo thrua thú!" ar sise go magúil.

Le sin, chrith an seomra ina rabhamar go léir bailithe le neart na stoirme agus thosaigh an coinnleoir mór airgid a bhí ar crochadh os ár gcionn in airde *ag gíoscán is ag luascadh ó thaobh go taobh.

"Ó, nach bhfuil sé seo díreach mar atá sna scannáin!" arsa Colette taobh liom agus *d'fháisc sí mo lámh lena méara fada caola.

Bhain an teagmháil *stangadh asam. Bhí mé trí thine. Bhí fonn orm í a fháisceadh chugam ach ag an nóiméad sin ligeadh scread a *reoigh an fhuil inár gcuisleanna.

---

* ag tnúth *looking forward to*
* d'ainneoin mo dhíchill *in spite of my best efforts*
* le ceangal *fit to be tied*
* loinnir na diabhlaíochta *the shine of devilment*
* ag gíoscán *creaking*
* d'fhaisc sí *she squeezed/pressed*
* stangadh *shock*
* reoigh *froze*

Caibidil a Ceathair

Cé mharaigh Fionnbarra Ó Murchú?

Tá 'corp' duine éigin sínte amuigh sa bhforsheomra. Deir an Bleachtaire Cathal Ó Brádaigh leis an slua go gcaithfear breith ar an 'dúnmharfóir'. Tá an stoirm ag dul in olcas.

Bhí duine éigin sínte ar shlat a dhroma amuigh sa *bhforsheomra.

Ritheamar go léir amach.

Bhí fear ar a ghlúine agus é cromtha os cionn an duine a bhí sínte ar an talamh.

D'éirigh sé ina sheasamh go mall agus chroith sé a cheann.

"Tá sé ró-dhéanach, faraor," arsa seisean. Fear beag, *cnagaosta, a chuirfeadh Hercule Poirot de chuid Agatha Christie i gcuimhne duit, a bhí ann.

"Cad a tharla dó?" d'fhiafraigh an foilsitheoir, Colm Mac Aogáin, de.

---

* forsheomra foyer   * cnagaosta *elderly*

"Dúnmharaíodh é, a dhuine," d'fhreagair an fear beag, cnagaosta agus *aoibh an gháire ar a aghaidh, "dúnmharaíodh é agus ní mór daoibhse, a dhaoine uaisle, atá tagtha anseo don deireadh seachtaine, a fháil amach idir seo agus maidin Dé Domhnaigh cé a rinne an dúnmharú, cé hé nó cé hí an dúnmharfóir."

Baineadh preab asam agus as gach éinne eile freisin, measaim, mar bhí an scread a chualamar chomh réadúil sin gur cheapamar gur fíordhúnmharú a bhí ann seachas dúnmharú *bréagach.

"Agus cé tú féin?" d'fhiafraigh mo *chomhghleacaí sa Roinn Oideachais agus Eolaíochta, an Dr. Dónall de Faoite, den fhear beag.

"Is mise an *Bleachtaire Cathal Ó Brádaigh," ar seisean, "táimse fostaithe ag an chomhlacht *Míle Murdar!* leis an dúnmharú seo a fhiosrú."

Chaoch sé súil orainn.

"Sa saol réadúil is iarbhleachtaire de chuid an Bhrainse Speisialta mé. Anois, ar mhaith le héinne agaibh breathnú níos géire ar an 'gcorp' féachaint an bhfuil aon *leideanna le fáil agaibh?"

Bhailíomar go léir mórthimpeall an 'choirp'. Bhí éide fhreastalaí óstáin ar an bhfear a bhí ina luí ar an urlár. Fear meánaosta a bhí ann. Ní raibh rian ar bith d'aon saghas *foréigin nó *coimhlinte le sonrú ar a aghaidh ná ar a chorp. Bhí buicéad beag caite in aice leis ar an urlár agus bhí uisce agus ciúbanna

---

* aoibh *expression (of)*
* bréagach *false*
* comhghleacaí *colleague*
* bleachtaire *detective*
* leid *clue*
* foréigean *violence*
* coimhlint *conflict*

beaga leac oighir scaipthe ar fud na háite. Bhí *greim an fhir bháite aige ar fháinne eochracha. Bhí uimhir sheomra óstáin scríofa ar an mbloc beag adhmaid a bhí greamaithe den bhfáinne eochracha.

Ba í 21 uimhir an tseomra sin.

"Anois," arsa an Bleachtaire Ó Brádaigh, "*scaipigí as láthair an dhúnmharaithe, le bhur dtoil. Téigí ar ais go dtí an seomra suite agus bainigí taitneamh as an bpuins. Beidh an dinnéar agaibh ar a hocht i mBialann an Chúchulainn is táim cinnte go mbeidh leid nó dhó eile curtha ar fáil daoibh ag an ócáid sin."

Ba ar *éigean a raibh an méid sin ráite aige gur tháinig fear caol, ard, dathúil ar an láthair is bhuail sé a lámha le chéile go faiteach.

"Is mise Antaine Mac Réamoinn, bainisteoir an óstáin seo, is tá drochscéala agam daoibh," ar seisean os íseal, chomh híseal sin go ndeachaigh sé dian orainn é a chlos le *méid an chlampair a bhí á dhéanamh ag an stoirm lasmuigh, "tá stoirm uafásach gaoithe agus báistí *tuartha. Bhí dhá bhus le teacht ó Bhéal Feirste ach bhí orthu an turas a chur ar ceal. Bhí bus eile ag teacht ó Chorcaigh ach bhí air casadh timpeall lasmuigh de Luimneach agus éirí as an turas. Deir *réamhaisnéis na haimsire go mbeidh stoirm mhór gaoithe ann is go ndéanfar cuid mhaith damáiste sa taobh seo tíre níos déanaí san oíche agus go luath maidin amárach. Tá brón orm faoi seo, a dhaoine uaisle, ach *níl neart againn

---

* greim an fhir bháite *the drowning man's grip*
* scaipígí *scatter*
* Ba ar éigean *scarcely*
* méid an chlampair *the extent of the noise*
* tuartha *forecasted*
* réamhaisnéis na haimsire *weather forecast*

air anseo in Óstán an Droichid. Tá súil agam nach gcuirfidh an stoirm isteach ró-mhór oraibh is go mbainfidh sibh taitneamh as bhur ndeireadh seachtaine."

D'fhéach sé le *drochmheas ar an 'gcorp'.

"Ní haon chailliúint ró-mhór é an t-Uasal Fionnbarra Ó Murchú, ár bhfreastalaí bialainne," ar seisean *go searbhasach. "Caithfidh gurbh é an príomhchócaire a rug air agus é i mbun gadaíochta sa *lardrús!"

D'oscail an 'corp' súil amháin ar feadh *meandair bhig is muna raibh dul amú orm mheas mé go bhfaca mé *gráin shíoraí ina shúil sular dhún sé arís í.

---

* níl neart againn air *we cannot do anything about it*

* drochmheas *disrespect*

* go searbhasach *sarcastically*

* lardrús *larder*

* meandar beag *little while*

* gráin shíoraí *everlasting hatred*

Caibidil a Cúig

Bainisteoir an Óstáin

Maith an rud nach bhfuilim piseogach mar cuirtear i Seomra 13 mé. Bíonn comhrá agam leis an mbainisteoir.

Bhí na seomraí leapa ar fad ar an gcéad urlár. Cuireadh mise i seomra 13 toisc nach raibh éinne eile sásta dul ann, is dócha..

"Nílimse *piseogach, buíochas le Dia," arsa mise leis an mbainisteoir," *is cuma sa tsioc liom cá bhfanfaidh mé faid is go mbíonn teas ann agus gléas teilifíseáin."

D'fhéach sé orm go fiosrach.

"B'fhéidir go mbaineann tusa leis an chomhlacht *Míle Murdar*?" d'fhiafraigh sé díom.

"Tá dul amú ort, a dhuine," d'fhreagair mise, "níl baint dá laghad agam le *Míle Murdar!* Táim anseo de bharr gur cheannaigh amadán éigin ticéad dom."

"Amadán éigin?"

"Sea, amadán éigin. Ní mise a cheannaigh. Amadán éigin gan ainm. *Taibhse. Gealt. Dúnmharfóir. Cá bhfios?"

"Nó bean éigin atá *splanctha i do dhiaidh!" arsa an

---

* piseogach *superstitious*

* is cuma sa tsioc liom *I couldn't care less*

* taibhse *ghost*

* splanctha *crazy*

bainisteoir is aoibh an gháire ar a aghaidh dhathúil.

"Ní dóigh liom é," d'fhreagair mise, "muna bhfuil sé i gceist ag duine éigin fáil réidh liom."

"Ní gá duit glacadh leis an seomra sin." ar seisean. "Tá seomra 16 folamh ach measaim go mbeadh uimhir 13 níos compórdaí os rud é go bhfuil sé *ar thaobh na fothana."

"Cosúil le teach Shéadna!"

"Ní thuigim?"

"Ná bac leis. Tá tusa an-óg le bheith i do bhainisteoir óstáin, nach bhfuil?"

"Táim cúig bliana is fiche," ar seisean is mhothaigh mé go raibh *ábhairín den searbhas ina ghuth, "is seanduine mise i súile na rudaí óga a thagann chuig an dioscó anseo gach Satharn."

"Cé chomh fada is atá tú ag obair anseo, a Antaine?"

"Nílim anseo ach le sé mhí, a .. a .. ?"

".. Labhrás Ó Baoill .."

".. a Labhráis. Bhí mé sa Berkeley Court i mBaile Átha Cliath roimhe sin. D'fhoghlaim mé *ceird na bainistíochta sa Savoy i Londain. Is ann a rugadh is a tógadh mé."

"De *shliocht Éireannach?"

"Gan amhras, a Labhráis. Anois, ní mór domsa a bheith *ag bailiú liom. Táim ag teastáil sa Chúchulainn. Feicfidh mé níos déanaí tú."

---

* ar thaobh na fothana *on the sheltered side*

* ábhairín *a little bit*

* ceird na bainistíochta *the managerial trade*

* sliocht *stock, ancestry*

* ag bailiú liom *heading off*

Caibidil a Sé

An Dinnéar

Bíonn gach éinne gléasta suas don dinnéar i mBialann an Chúchulainn. Tá m'iarleannán, Áine Ní Loinsigh, gléasta go hálainn don ócáid. Tosaím ag smaoineamh siar ar na laethanta nuair a bhí an bheirt againn ag siúl amach le chéile.

Bhí Bialann an Chúchulainn go haoibhinn ar fad. Bhí tinteán *ollmhór ag barr an tseomra is tine mhór adhmaid is móna ar lasadh ann.

Bhí an bord mór mahagaine i lár an urláir leagtha amach d'ochtar. Bhí coinnle ar lasadh ar an mbord is neart fíona le feiscint. Chuir an stoirm a bhí ag séideadh lasmuigh le hatmaisféar na hócáide. *Mheabhródh sé radharc as úrscéal Gotach duit. Bhí an ghaoth ag clamhsán sa tsimné is na fuinneoga ag bualadh go glórmhar le neart na gaoithe.

Cheana féin, bhí *seilbh glactha ag an mBleachtaire Ó Brádaigh ar an gcathaoir ard a bhí suite ag ceann an bhoird. Bhí an bainisteoir agus freastalaí óg álainn, nach raibh feicthe agam go dtí seo, ina

21

---

*ollmhór *huge*   *seilbh possession

*mheabhródh sé duit *it would remind you*

seasamh go foighneach go dtí go mbeadh gach éinne suite chun boird.

Is ar éigean a d'aithin mé cuid den chomhluadar. Bhí gach éinne gléasta go foirmeálta - mé féin *san áireamh - don ócáid. Cultacha dubha, léinte bána maraon le *carbhait chuachóige ar na fir, *cé is móite de dhuine amháin, agus gúnaí dubha nó bána nó dearga ar na mná.

Bhain Colette, ach go háirithe, stangadh asam. Bhí sí ina spéirbhean déanta. Bhí gúna dubh á chaitheamh aici - ar éigean! Ní raibh droim ar bith leis an ngúna is ba *mhíorúilt dhomhantarraingte a bhí ann gur fhan sé uirthi. Bhí scoilt sa ghúna aníos go bun a *ceathrú dheamhúnlaithe.

Bhí ár dtreoraí ar an mbus, Tadhg Ó Síocháin, ag pramsáil thart is culaith bhán á caitheamh aige.

'Ní dóigh liom go bhfaighidh sé *leannán fir sa chomhluadar seo!' an smaoineamh a rith liom.

Ansin, phreab mo chroí. Ba ar éigean a d'aithin mé m'iarleannán féin, Áine Ní Loinsigh. Bhí sí gléasta i ngúna dearg is bhí a cuid gruaige crochta suas ar bharr a cinn aici. Shiúil sí go grástúil, dínitiúil isteach sa seomra is thug mé faoi deara mar ar tharraing sí *aird na bhfear eile.

Tháinig *aithreachas de chineál éigin orm. Thosaigh mé ag smaoineamh siar. Ba dheacair dom a chreidiúint ag an bpointe seo i mo shaol go rabhamar

---

* san áireamh *included*

* carabhait chuachóige *bow-ties*

* cé is móite de *except for*

* miorúilt dhomhantarraingte
  a miracle of gravity

* ceathrú dheamhúnlaithe
  nicely shaped hip

beirt *geallta tráth dá raibh. É i gceist againn pósadh. An bheirt againn *caoch i ngrá lena chéile.

B'shin tamall fada ó shin. Áine fós sna déaga agus í ina mac léinn ag freastal ar Cholaiste na hOllscoile, Corcaigh. Mé féin tosnaithe mar *fheidhmeannach sóisearach i Halla na Cathrach. Fuair mé *ardú céime roimh dheireadh na chéad bliana sin is seoladh go Baile Átha Cliath mé go dtí an Roinn Oideachais, áit a bhfuilim ó shin. Mar a deir an seanfhocal 'An rud a théann i bhfad téann sé i bhfuaire.'

B'shin díreach a tharla domsa.

Theastaigh uaim saol nua a chruthú dom féin san ardchathair is d'fhéach mé ar an *gcaidreamh a bhí idir mé féin agus Áine mar chloch mhíle i mo shaol.

De réir a chéile d'éirigh mé as a bheith ag scríobh chuici agus thosaigh mé ag siúl amach le cailín as Contae na Mí.

D'imigh bliain.

Ag deireadh an ama sin tháinig deireadh leis an gcaidreamh a bhí agam le cailín na Mí. Tháinig aithreachas orm gur scar mé ó Áine. Chuaigh mé go Corcaigh agus é i gceist agam athchaidreamh a dhéanamh léi.

Chuaigh mé á lorg ach ní bhfuair mé *tásc ná tuairisc uirthi. Ghlaoigh mé ar a tuismitheoirí ach labhair siad go feargach liom. Dúirt a máthair liom gan teagmháil

---

*leannán fir *male lover*

*aird *attention*

*aithreachas *regret*

*geallta *engaged*

*caoch i ngrá *blindly in love*

*feidhmeannach sóisearach *junior executive*

*ardú céime *promotion*

*caidreamh *relationship*

*tasc ná tuairisc *no trace or tidings*

23

a dhéanamh léi. Dúirt a hathair liom fanacht glan amach uaithi nó go gcuirfeadh sé an dlí orm.

Rinne mé *rud orthu.

Ní fhaca mé Áine ó shin cé go ndúirt cara liom go raibh post aici mar *abhcóide i mBaile Átha Cliath ó lár na nOchtóidí.

Chuala mé ráfla ansin go raibh sí scartha óna fear céile. Níor fhiosraigh mé an scéal. Níor theastaigh uaim bualadh léi arís. Uisce faoin droichead.

Maidir liom féin, níor phós mé riamh cé go raibh *liodán leannán agam. Ach níor thug mé mo chroí d'éinne acu. D'fhan mé i mo bhaitsiléir.

Lig mé *osna. Scéal thairis. Bhíomar suite chun boird um an dtaca seo is bhí m'aire iomlán á dhíriú agam ar an spéirbhean álainn a bhí suite taobh liom. *B'aisling áilleachta í is ní fhéadfainn mo shúile a bhaint di.

'B'fhéidir gur tusa an bhean atá uaim, mo *shlánaitheoir!' a dúirt mé i m'aigne féin go leathmhagúil.

"'Bhfuil tuairim ar bith fós agat cé a cheannaigh an ticéad duit?" d'fhiafraigh sí díom os íseal.

Bhain an cheist siar asam mar nach raibh mé ag súil léi. Le bheith fírinneach, bhí an rud ar fad faoin ticéad curtha as mo cheann agam.

"An bhfuil tusa *ag spochadh asam?" d'fhreagair mé.

"Mise!" ar sise agus iontas ina súile. "Níl mise ag

---

* rinne mé rud orthu *I did what they wanted*

* abhcóide *barrister*

* liodán *litany*

* osna *sigh*

* aisling áilleachta *a vision of beauty*

* slánaitheoir *saviour, redeemer*

spochadh asat. Ach tá mistéir bhreise le réiteach agatsa anuas ar an gceann eile, nach bhfuil?"

Rinne mé gáire íseal.

"Is cuma liom faoin dá mhistéir le bheith macánta, a Cholette. Táimse anseo le haghaidh an spraoi."

"An ceart ar fad agat, a Labhráis. Mar an gcéanna agamsa."

"Ach go bhfuil tusa ag fáil airgid as!"

Bhí dinnéar den scoth againn is tar éis an dinnéir bhogamar go léir isteach sa bheár.

* ag spochadh asam *jeering me*

Caibidil a Seacht

Leid

Táim thar a bheith tógtha leis an gcailín atá ag freastal sa bheár. Tugann an Bleachtaire Ó Brádaigh leid eile dúinn.

Bhí an cailín a bhí ag freastal sa bheár thar a bheith cairdiúil agus *tarraingteach. Bhí sí ag freastal orainn sa bhialann roimhe sin is ní fhéadfainn mo shúile a bhaint di.

Chroith mé mo cheann. Bhí an méid sin *'féidearthachtaí' ag roinnt leis an deireadh seachtaine gur mhothaigh mé ar mo *sháimhín só.

Seo chugainn an Bleachtaire Ó Brádaigh agus sheas i lár an urláir.

Bhuail sé a lámha le chéile le haird an tslua a fháil.

"A dhaoine uaisle," ar seisean os ard, "tá sé in *am soip domsa ach go háirithe. Táim chun leid bheag amháin a thabhairt daoibh sula rachaidh mé a luí. Seo í: an cuimhin libh cad a bhí ina ghlaic ag an 'gcorp', Fionnbarra Ó Murchú, agus é sínte amuigh

---

* tarraingteach *attractive*
* féidearthachtaí *possibilities*
* ar mo sháimhín só *contented*
* am soip *bed-time*

ansin sa halla? Pé rud a bhí ina ghlaic aige tá tábhacht faoi leith ag baint leis i *réiteach na mistéire áirithe seo. Oíche mhaith agaibh anois."

Leis sin, d'imigh sé a luí dó féin.

* réiteach na mistéire *solving the mystery*

Caibidil a hOcht

Sa Bheár

Tugaim faoi deara go bhfuil ag éirí go maith idir Colette agus Gearóid Mac Mathúna. Fiafraíonn Cynthia - an cailín atá ag freastal sa bheár - díom an bhfuil 'deoch an dorais' uaim.

D'imigh gach éinne ina nduine is ina nduine ón mbeár go dtí nach raibh fágtha ach mé féin, Colette agus an ceoltóir Gearóid Mac Mathúna. Os rud é go raibh an bheirt acu níos óige ná mé féin, bhraith mé ábhairín beag míchompórdach ina gcomhluadar.

Bhí a ghiotár tógtha amach ag Gearóid um an dtaca seo agus amhráin ghrá á gcanadh aige. Thug mé faoi deara tar éis tamaillín go raibh sé féin agus Colette an-tógtha lena chéile. Bhí an bheirt acu ag baint *lán na súl as a chéile is bhí sé soiléir domsa go raibh Colette ar a dícheall ag iarraidh é a mhealladh.

*Thit an lug ar an lag agam.

Bhí mé den tuairim go dtí an pointe sin go raibh seans maith ann go bhféadfainn féin í a mhealladh.

---

* lán na súl *eyeful*

* thit an lug ar an lag agam
I became disheartened

Á, bhuel!

D'fhéach mé ar m'uaireadóir. Íosa Críost! Bhí sé a deich i ndiaidh a haon ar maidin. Bhí sé in am soip. Bhí an t-óstán ag luascadh mar a mbeadh long mhór ar bharr na dtonn le neart na stoirme móire.

D'éirigh mé i mo sheasamh is d'fhág mé slán ag an gcomhluadar. Ar mo bhealach amach as an mbeár tháinig an cailín a bhí ag freastal orainn sa bheár - Cynthia - chugam ag fiafraí díom an raibh 'deoch an dorais' uaim. Dúirt mé léi go raibh mé ag dul a luí.

"Is féidir liom é a bhreith chugat go dtí do sheomra ar ball beag, a Labhráis," ar sise go mealltach, "cad tá uait?"

"Cad tá uaim, an ea?" d'fhreagair mise is mé ag féachaint sna súile uirthi. "Déanfaidh branda dúbailte an chúis go breá, a Cynthia."

"Cén seomra?"

"Seomra 13."

"Maith an rud nach bhfuil tú piseogach, a Labhráis!"

Caibidil a Naoi

Seomra 13

Tagann Cynthia go dtí mo sheomra leis an deoch. Deir sí liom go bhfuil mo bheatha i mbaol. Ansin lorgaíonn sí cead uaim fanacht i mo sheomra go maidin. Baineann sí geit asam nuair a deir sí liom go mbeadh sí sásta dul a chodladh liom. Cloisim cnag ar an doras.

Bhí mé nach mór i mo chodladh nuair a chuala mé cnag íseal ar dhoras an tseomra.

Léim mé amach as an leaba agus d'oscail mé an doras. Bhí Cynthia na háilleachta ina seasamh ansin le *tráidire a raibh leathbhuidéal branda agus dhá ghloine air.

"An bhfuil cead agam teacht isteach?" d'fhiafraigh sí díom agus aoibh an gháire ar a haghaidh tharraingteach.

"Cinnte."

Isteach léi.

"Féach," ar sise, "ar eagla na míthuisceana, ní dhéanaim é seo go rialta ach ba mhaith liom

* tráidire *tray*

labhairt le duine éigin …"

"…labhairt le duine éigin? Ní thuigim, a Cynthia."

Leag sí síos an tráidire ar an *mbord maisiúcháin. Nuair a d'iompaigh sí i mo threo chonaic mé go raibh an gáire imithe óna haghaidh is ina áit bhí cuma ghruama.

Bhain sí an corc den mbuidéal is líon sí an dá ghloine is shín ceann acu chugam. Labhair sí go mall.

"D'fhéadfadh do bheatha a bheith i mbaol, a Labhráis," ar sise.

Bhain sé sin stangadh asam.

"Mo bheatha i mbaol! Cad tá i gceist agat, a Cynthia?"

Lig sí osna is shuigh síos ar thaobh na leapa.

"Tá rudaí aisteacha ar siúl san óstán seo le tamall anuas, a Labhráis. Táimse den tuairim go dtarlóidh rud uafásach an deireadh seachtaine seo."

"An as do mheabhair atá tú, a chailín? Nach *'Murder Mystery Weekend'* é seo, in ainm Dé! An ag magadh fúm atá tú? Féach, a chailín, ní theastaíonn uaimse a bheith páirteach sa *chur i gcéill seo. Táimse anseo de bharr gur cheannaigh duine éigin ticéad dom. An tusa duine de na haisteoirí atá fostaithe ag *Míle Murdar?* Inis an fhírinne dom, a chailín."

"Aisteoir! Ní aisteoir mise. Is freastalaí mé a bhfuil sé de mhí-ádh uirthi a bheith ag obair san óstán mí-ámharach seo."

---

*bord maisiúcháin *dressing table*   *cur i gcéill *pretence*

"Mí-ámharach? Ní thuigim?"

"Creidim féin go bhfuil taibhse nó *ainsprid mhallaithe éigin faoi dhíon an tí seo. Cloisim duine éigin ag gabháil timpeall i lár na hoíche agus is minic a mhothaím go bhfuil duine éigin ag faire orm. Aréir, mar shampla, rinne duine éigin *murlán dorais mo sheomra codlata a chasadh faoi dhó ag uair mhairbh na hoíche. Bhí mé *sceimhlithe i mo bheatha, a Labhráis. Sin an fáth nach dteastaíonn uaim dul chuig mo sheomra anocht. An féidir liom …?"

"…fanacht anseo? Cinnte is féidir …"

"…ach níl ach an t-aon leaba amháin sa seomra?"

"Nach leor sin? Is leatsa í, a Cynthia. Déanfaidh an tolg an chúis domsa."

"An tolg ar oíche mar seo! Nach féidir leis an mbeirt againn dul a chodladh sa leaba chéanna?"

Bhain an ráiteas stangadh asam. Ní raibh mé ag súil lena leithéid. Tar éis an tsaoil, níor leagamar súil ar a chéile go dtí a hocht a chlog aréir. Anuas ar seo bhí sí i bhfad níos óige ná mé féin.

D'fhéach sí sna súile orm. Nuair a labhair sí, bhain sí preab eile asam.

"Sula dtáinig mé anseo, chaith mé tamall ag obair i ..i ngníomhaireacht thionlacain i mBaile Átha Cliath …"

"…gníomhaireacht thionlacain ..ní thuigim ..?"

"... escort agency .. tá's agat .. nuair a dhéanann cailíní fir .. fir mheánaosta ..a thionlacan …"

---

* ainsprid mhallaithe   * sceimhlithe *i mo bheatha*

* murlán *handle*

".. nílimse ag lorg a leithéid de sheirbhís, a Cynthia. Buíochas le Dia ach níor íoc mé éinne riamh as .. as gnéas is níl sé i gceist agam tosú anocht."

Thosaigh sí ag oscailt cnaipí a bhlúis ach sara raibh deis aici an tríú cnaipe a oscailt, chualamar cnag ar an doras.

Stop Cynthia a raibh ar siúl aici agus d'fan ansin ina suí *ar cholbha na leapa mar a bheadh *dealbh ann.

Chualamar an cnag arís.

Chuaigh mé go dtí an doras agus d'oscail mé é.

Cé a bhí ina seasamh ansin os mo chomhair amach ach Colette.

"Níl ar mo chumas dul a chodladh," ar sise go mealltach, "bhfuil aon seans go bhféadfainn ...?"

Stop sí i lár abairte ar fheiceáil di Cynthia ina suí ar cholbha na leapa is a blús leathoscailte aici.

Chas sí ar a *sáil. D'fhéach sí timpeall is bhí cuma na feirge ar a haghaidh.

"Ní raibh a fhios agam go raibh comhluadar agat cheana féin ...", ar sise agus bhailigh sí léi as mo radharc.

Dhún mé an doras. Bhí náire agus fearg orm. Murach go raibh Cynthia i mo theannta ..

"B'fhearr liom dá rachfá thar n-ais chuig do sheomra féin anois, a Cynthia, má's é do thoil é."

"Ach .. ach .."

33

---

*ar cholbha na leapa *on the edge of the bed*
*dealbh *statue*
*sáil *heel*

Chuir mé méar le mo bheola.

Ní dhearna sí ach an ghloine a bhí ina lámh a fholmhú is í a leagadh ar an mbord go torannach. Ansin, dhún sí cnaipí a blúis is ghabh sí tharam gan focal eile a rá.

Phlab sí an doras ina diaidh ar a bealach amach.

Caibidil a Deich

Maidhm Thalún

Titeann mo chodladh orm uair éigin roimh bhreacadh an lae. Nuair a dhúisim baintear geit uafásach asam. Tá an cnoc ag gluaiseacht le fána! Fágaim an t-óstán agus téim amach ag fiosrú an scéil.

Caithfidh gur thit néal codlata orm uair éigin roimh *ghiolcadh an ghealbháin. Cheap mé ar feadh tamaill nach dtitfinn i mo chodladh choíche. Bhí mé ag casadh siar is aniar sa leaba is ag éisteacht leis an stoirm ag réabadh lasmuigh den bhfuinneog. Cheap mé ó thráth go chéile go leagfaí an *foirgneamh anuas orainn de bharr go raibh an stoirm chomh fíochmhar sin.

Bhí mé ag smaoineamh freisin ar *eachtraí na hoíche. Ní fhéadfainn cuid de na rudaí a bhí tarlaithe a chreidiúint. Bhí siad dochreidte!

Ba iad na heachtraí a bhain le Cynthia Ní Shé na heachtraí ba dhochreidte ar fad. Mar sin féin ní fhéadfainn an pictiúr di agus í ag oscailt cnaipí a blúis a *dhíbirt as m'aigne …

* giolcadh *an ghealbháin*　　　　* eachtraí *adventures*
* foirgneamh *building*　　　　　* a dhíbirt *drive away*

chipping of the lark i.e. dawn

Nuair a dhúisigh mé ba é an chéad rud a thug mé faoi deara ná an ciúnas *neamhshaolta sa seomra. Chloisfeá biorán ag titim bhí sé chomh ciúin sin. Bhí sé fós dorcha sa seomra leapa.

D'fhéach mé ar m'uaireadóir.

Ní raibh sé ach a cúig chun a hocht.

Léim mé as an leaba. Sall liom go dtí an fhuinneog. Tharraing mé na cuirtíní is d'fhéach mé amach. Cé go raibh sé fós leathdhorcha amuigh, chuir an radharc a bhí os mo chomhair *imeagla orm.

Ba bheag nár thit mé i laige.

Níor chreid mé mo shúile.

Bhí an cnoc ag gluaiseacht le fána. Meabhraíodh dom cuid de na línte as 'Macbeth' le William Shakespeare:

"'Fear not till Birnan Wood

Do come to Dunsinane' - and now a wood

Comes towards Dunsinane. Arm, arm, and out!"

Cad a bhí ar siúl? *Maidhm thalún nó *tuile sléibhe de chineál éigin?

Chuir mé mo chuid éadaigh orm go sciobtha. Rinne mé mo bhealach síos an *dorchla i dtreo an tseomra suite. Ní raibh duine ná deoraí le feiscint in áit ar bith.

Bhain mé an glas den bpríomhdhoras is amach liom.

---

* neamhshaolta *unnatural*

* imeagla *terror*

* maidhm thalún *landslide*

* tuile sléibhe *mountain torrent*

* dorchla *corridor*

Bhí an mhaidhm thalún ag gluaiseacht síos thar *binn an óstáin. Bhí fraoch, aitinn agus carraigeacha maraon le caora bhocht nó dhó á n-iompar ar bharr na maidhme. Bhí an droichead chun an óstáin scuabtha chun siúil cheana féin is gan rian de le feiceáil. Rith sé liom go raibh an t-ádh orainn nár scuabadh an t-óstán is a raibh ann chun siúil freisin ag neart na maidhme.

'Táimid inár bpríosúnaigh san óstán,' dúirt mé liom féin os íseal.

"An bhfaca éinne riamh a leithéid?"

Ba bheag nár * thit an t-anam asam ar chloisteáil dom an guth taobh thiar díom.

Bhí mé díreach ag iompó timpeall i dtreo an ghutha nuair a fuair mé buille d'uirlis throm éigin ar an gcloigeann agus thit mé *gan aithne gan urlabhra ar an talamh fhliuch.

---

* binn *gable*

* thit an t-anam asam *I died*

* gan aithne gan urlabhra *unconscious*

Caibidil a hAon Déag

Dúnmharfóir san óstán

Nuair a thagaim chugam féin tá Colette i mo theannta. Dúnmharaítear beirt i Seomra 16. Tá sé soiléir go bhfuil dúnmharfóir san óstán agus táimid go léir sceimhlithe inár mbeatha dá bharr sin.

Nuair a tháinig mé chugam féin bhí mé i mo luí ar an urlár sa bhforsheomra, san áit chéanna ina raibh 'corp' an fhreastalaí tráthnóna inné. Bhí scata daoine cromtha os mo chionn.

Ba í Colette an duine ba thúisce a d'aithin mé.

"An bhfuil tú ceart go leor, a Labhráis?" d'fhiafraigh sí díom.

Bhí *mearbhall orm.

Leag sí lámh ar mo chlár éadain agus chuimil sí mo *ghrua. Bhí méara fada caola aici.

Cé go raibh pian uafásach i mo chloigeann, mhothaigh mé go raibh biseach ag teacht orm. "Cad a tharla dom?" d'fhiafraigh mé di.

"Caithfidh gur shleamhnaigh tú is gur bhuail tú do

---

* mearbhall *confusion*   * grua *brow*

chloigeann ar chloch. Bhí an t-ádh ort."

"An t-ádh orm! B'amhlaidh a bhuail duine éigin sa chloigeann mé le .. le .."

" .. ssh! ssh! Tóg go bog é, a Labhráis," arsa Colette agus í ag cuimilt mo ghrua arís. "Cad a bhí á dhéanamh agat lasmuigh den óstán ar aon nós ag an am sin ar maidin? An amhlaidh go raibh tú ag *suansiúl nó ag éalú amach trí fhuinneog éigin gur thit tú i do chnap mar sin ... ?"

".. nach ndúirt mé leat cad a tharla dom ..!"

Sara raibh deis agam an abairt a chríochnú ligeadh scread ard, géar a chloisfeá sa Domhan Thoir.

"MURDAR! MURDAR! MURDAR!"

Rith Antaine Mac Réamoinn, bainisteoir an óstáin, isteach sa bhforsheomra agus a aghaidh chomh bán le bráillín.

"Cad tá cearr, a Antaine?" d'fhiafraigh an Bleachtaire Ó Brádaigh de.

"Tá .. tá .. tá beirt .. beirt marbh i .. i .. Seomra 16 .."

"..beirt marbh! Féach, a Antaine," arsa an Bleachtaire Ó Brádaigh agus ionadh an domhain air, "fág *forbairt an phlota fúmsa, más é do thoil é. Ní tusa a scríobh an scriopt do *'Míle Murdar!'* ach mise .."

".. nílim ag magadh! Tá beirt marbh i Seomra 16 .. Cynthia Ní Shé agus .. agus an Dr. Dónall de Faoite .."

Bhí tost iomlán sa seomra.

---

*suansiúl *sleepwalking*   *forbairt *development*

"Conas atá fhios agatsa?" d'fhiafraigh Ó Brádaigh de go *hamhrasach.

"Mar chnag mé ar an doras. Bhí mé ag iarraidh .. Cyn. . Cynthia a dhúiseacht chun an bricfeasta a ullmhú. Chnag mé agus chnag mé ach freagra ní bhfuair mé. Ansin d'oscail mé an doras. Bhí an solas ar lasadh .. is .. is chuir an radharc os mo chomhair *sceon orm. Bhí an bheirt acu ina luí ar .. ar an leaba agus iad fuar marbh .. is .. is gan *luid éadaigh ar cheachtar den mbeirt acu is .. is bhí fuil i ngach áit .."

".. caithfear fíos a chur ar na Gardaí láithreach," arsa Colette.

"Ní féidir," arsa an bainisteoir, "rinne mé iarracht cheana. Caithfidh go bhfuil an líne thalún briste is níl mo ghuthán póca ag feidhmiú . . ní féidir *comhartha a fháil."

"Fan," arsa Colette, "bainfidh mise triail as mo cheannsa."

Rinne Colette iarracht ar ghlao a dhéanamh ar a guthán póca ach bhí sé fuar aici. Ní raibh ar a cumas an glao a chur.

"Fiú dá n-éireodh linn teagmháil a dhéanamh leo, ní bheadh aon mhaitheas ann mar nach mbeidis in ann teacht anseo ar aon chaoi os rud é go bhfuil an droichead imithe. Táimid *ar an trá fholamh!"

Ar an trá fholamh! Baineadh geit asainn go léir ar chloisteáil dúinn na focail sin.

---

* go hamrasach *suspiciously*   * comhartha *signal*

* sceon *terror*   * ar an trá fholamh *stranded*

* luid éadaigh *stitch of clothing*

Dhírigh mé mé féin agus rinne mé iarracht ar éirí i mo sheasamh. D'éirigh liom an méid sin a dhéanamh ar éigean ach bhí orm suí ar chathaoir mar go raibh *roithleán i mo cheann fós. Bhuail an Bleachtaire Ó Brádaigh a lámha le chéile agus labhair amach os ard.

"Éistigí ar feadh nóiméid, a dhaoine uaisle," ar seisean, "táimid i bponc anseo. Táimse chun dul síos go dtí Seomra 16 féachaint an bhfuil gach a ndúirt an tUasal Mac Réamoinn cruinn agus ceart. Má tá, caithfimid dearmad a dhéanamh ar ár mbréagmhurdar féin go fóillín agus na fíormhurdair seo a fhiosrú i gceart. Bailigh gach éinne le chéile tusa," ar seisean leis an mbainisteoir, "agus beidh cruinniú anseo againn i gceann deich nóiméid nó mar sin."

D'imigh sé leis.

"Anois," d'fhiafraigh an bainisteoir dínn agus *creathán ina ghuth, "cé nach bhfuil anseo?"

Bhí gach éinne i láthair cé is móite den treoraí, Tadhg Ó Síocháin, m'iarleannán féin, Áine Ní Loinsigh agus an 'corp', Fionnbarra Ó Murchú.

"Fanaigí mar a bhfuil agaibh," ar seisean, "rachaidh mise ar thóir an triúir sin agus beidh mé thar n-ais ar ball. Déanfaidh mé féin agus Fionnbarra - má éiríonn liom teacht air - an bricfeasta a réiteach daoibh ansin."

Bricfeasta! D'fhéachamar ó dhuine go duine.

Bhí sé rí-shoiléir do gach éinne againn go raibh ár *ngoile caillte againn um an dtaca seo.

---

* roithleán *reeling spinning*   * goile *appetite*
* creathán *shake/quiver*

Caibidil a Dó Dhéag

Fiosrúchán

Tá gach éinne againn trína chéile go mór faoi na cúrsaí seo. Cuirtear i mo leith gur mise an dúnmharfóir. Filleann an triúr a bhí as láthair thar n-ais. Fásann an teannas eadrainn.

Chuir an casadh nua seo sa scéal idir ionadh agus alltacht ar gach éinne. Ní fhéadaimid a chreidiúint go raibh na cúrsaí seo ag tarlú.

Bhíomar *gafa inár *ngialla san óstán, gan ar ár gcumas an áit a fhágáil ná teagmháil a dhéanamh leis an domhan lasmuigh. Bhí an mhaidhm thalún tar éis blúire mór den chnoc taobh thiar den óstán a bhreith léi síos isteach sa ghleann is bhí an droichead imithe is gan rian de fágtha.

Bhíomar fágtha ar an trá fholamh is an rud ba mheasa ar fad ná go raibh fíordhúnmharfóir inár measc.

Bhí an rud ar fad dochreidte is bhí sé ní ba chosúla le *mír as scannán uafáis nó as *scéinséir de chuid Agatha Christie ná le mír as an saol réadúil.

---

*gafa *trapped*

*giall *hostage*

*mír *section, scene*

*scéinséir *thriller*

Tháinig an triúr nach raibh i láthair ar ais ina nduine is ina nduine. Ba é Tadhg Ó Síocháin ba thúisce a tháinig isteach sa bhforsheomra is *cuma mhaolchluasach go maith air. Tháinig an 'corp' Ó Murchú ina dhiaidh is cuma na sástachta ar a aghaidh. Ba í Áine Ní Loinsigh an duine deireanach a tháinig agus bhí rian an chodlata fós ar a súile.

Gheit sí nuair a d'fhéach sí i mo threo agus nuair a thug sí faoi deara an *chréacht ar bharr mo chinn.

Ní raibh siad ach díreach tagtha ar an bhfód nuair a tháinig an Bleachtaire Ó Brádaigh ar an láthair is cuma ghruama, imníoch ar a aghaidh.

"Tá sé níos measa ná mar a cheap mé," d'fhógair sé go *neamhbhalbh, "rinneadh an bheirt acu a mbualadh chun bháis le huirlis throm ar nós barra iarainn nó a leithéid. Anois, caithfear an cheist a chur: cad a bhí á dhéanamh ag an Uasal de Faoite i seomra codlata an chailín seo? An bhfuil eolas ar bith ag éinne ina thaobh?"

D'fhéach Colette orm. Mhair an fhéachaint sin ar feadh tamaill fhada sular ísligh sí a súile is d'fhéach amach an fhuinneog.

Bhí tost iomlán sa seomra.

"Táimse ag glacadh cúram an fhiosrúcháin seo orm féin," arsa an Bleachtaire, "is má tá eolas ar bith agat éinne is féidir leat teacht chugam is an t-eolas sin a roinnt orm *go discréideach am ar bith. Is mór an

---

tragóid í seo dáiríre. Tá dúnmharfóir inár measc, a dhaoine uaisle, is níl dabht ar bith i m'aigne ach go ndéanfaidh sé .. nó sí, iarracht duine eile a mharú. Ar an ábhar sin, ní mór do gach éinne agaibh a bheith *san airdeall ar pé *gealt atá ag gabháil timpeall ag marú daoine. Dála an scéil, ar éirigh le héinne agaibh a dhéanamh amach fós cé hé nó cé hí ár mbréagdhúnmharfóir?"

"An é Labhrás Ó Baoill an dúnmharfóir?" d'fhiafraigh Gearóid Mac Mathúna, an ceoltóir.

Mhothaigh mé an fhuil ag reo i mo chuisleanna. Tháinig crith cos agus lámh orm.

"Ní mé," dúirt mé go feargach, "ach is amhlaidh a rinne duine éigin iarracht mise a dhúnmharú. Féach ar an gcréacht seo ar mo chloigeann má tá *fianaise uait," dúirt mé agus mé ag éirí i mo sheasamh, "fuair mé é seo as ionsaí fíochmhar a rinneadh orm. Cá raibh tú féin ag a hocht a chlog ar maidin, a Ghearóid?"

Dheargaigh sé go bun na gcluas.

"Ná bí chomh corraithe sin, a Labhráis," ar seisean go leithscéalach, "ní raibh mé ach ag tagairt don mbréagmhurdar. Ní raibh mé ag iarraidh .."

Ghearr an Bleachtaire isteach air.

".. tógaigí go bog é, in ainm Dé! Ní haon mhaitheas é a bheith ag troid eadraibh féin. Táimse i gceannas ar an bhfiosrúchán seo is ní stopfaidh mé go dtiocfaidh mé ar fhírinne an scéil, océ?"

---

*san airdeall ar *on the lookout for*   *fianaise *evidence*

*gealt *lunatic*

"Tá sin ceart go leor," arsa Colm Mac Aogáin, an foilsitheoir, "ach an dóigh leat gur fiú leanúint ar aghaidh leis an mistéir mhurdair - an bréagmhurdar, má's maith leat - nuair a smaoiníonn tú ar an eachtra uafásach atá tarlaithe faoi dhíon an tí seo?"

"Braitheann sé oraibh féin, is dócha, nach mbraitheann?" arsa an Bleachtaire. "Lámha in airde na daoine ar mhaith leo go leanfaimis ar aghaidh lenár mistéir mhurdair."

Chuir gach éinne, cé is móite díom féin agus Colette, a lámha in airde. D'fhéach an Bleachtaire ar Cholette agus ceist ina shúile.

"Baineann tusa leis an gcomhlacht, a Cholette, nach mbaineann? Nár chóir duit..?"

"..ní raibh mé ach ag smaoineamh ar *shábháilteacht na ndaoine eile, a Chathail. An gceapann tú féin..?"

".. tá na daoine eile tar éis a vótaí a chaitheamh, a Cholette. Is soiléir go dteastaíonn uatha leanúint ar aghaidh leis an mbréagfhiosrúchán, océ?"

"Océ, a Chathail."

"Ceart go leor, mar sin. Ar éirigh le héinne agaibh an chéad leid a thug mé daoibh a réiteach?"

"D'éirigh liomsa," d'fhreagair Áine Ní Loinsigh.

"Ar éirigh anois! Agus cén chiall a bhain tusa as?"

"Bhuel, bhí eochracha do Sheomra 21 ina ghlaic ag an 'gcorp'. Ach níl a leithéid de sheomra ann. Níl ann ach

---

* sábháilteacht *safety*

cupard scuaibe. Níor chuir sé an doras faoi ghlas ina dhiaidh. Chuaigh mise isteach ann agus tháinig mé ar dhá ghloine ann agus buidéal folamh seaimpéin."

"Do phrognóis, má's ea?"

"Bhuel, feictear domsa go raibh *coinne ag an bhfreastalaí le duine éigin sa chupard scuaibe - bean éigin b'fhéidir - is gur ól siad an buidéal seaimpéin ach gur éirigh le pé duine a bhí ann nimh a mheascadh leis an seaimpéin i ngloine mo dhuine."

"Ar fheabhas, a Áine, tá an-chuid oibre déanta agatsa, ní foláir. Sin dul chun cinn mór. Ach ná déanaigí dearmad go bhfuilimid ag lorg *cúis an mhurdair. Ná déanaigí dearmad gurbh í an chúis an rud is tábhachtaí ar fad. Agus seo leid nua: Chuala sibh an nath cainte 'Ní mar a shíltear a bhítear'? Bhuel sin an leid!"

Chroith duine anseo is ansiúd a gceann agus dúirt Gearóid Mac Mathúna, a raibh an chuma air go raibh póit uafásach air ón oíche aréir, faoina anáil: "Go raibh míle maith agat as *neamhní!'

Le sin, tháinig bainisteoir an óstáin go doras an tseomra agus d'fhógair sé go raibh an bricfeasta ullamh.

* coinne *appointment*

* neamhní *nothing*

* cúis an mhurdair *the motive for the murder*

Caibidil a Trí Déag

Cuairt ó Cholette

Tagann Colette go dtí mo sheomra. Tá sí an-imníoch faoi rudaí. Deir sí liom gur chuala sí coiscéimeanna ag gabháil timpeall an dhorchla aréir. Tá sí thar a bheith scanraithe.

D'fhill mé ar mo sheomra i ndiaidh bricfeasta. Bhí pian i mo chloigeann fós san áit a bhfuair mé an buille ach bheadh orm cur suas leis. Bhí sé i gceist agam luí ar an leaba agus mo scíth a ligint.

Ní raibh mé ach socraithe ar an leaba nuair a chuala mé cnag íseal ar an doras.

D'éirigh mé go faiteach agus rinne mé mo bhealach go dtí an doras.

"Cé tá ann?" d'fhiafraigh mé.

"Colette," an freagra a fuair mé.

D'oscail mé an doras agus lig mé isteach í.

Níor thúisce istigh í ná gur rug sí greim láimhe orm.

"Inis an fhírinne, a Labhráis," ar sise, "inis dom nach raibh aon bhaint agatsa le marú na beirte sin i

Seomra 16."

Bhí sí ag crith le scanradh.

Bhí fonn orm í a fháisceadh chugam.

"Tugaim m'fhocal duit nach raibh aon bhaint agamsa le marú na beirte sin."

"Caithfidh tú labhairt leis an mBleachtaire Ó Brádaigh," ar sise i nguth faiteach.

"Cad chuige?" d'fhiafraigh mé di.

"Cad chuige, an ea? Nach raibh an cailín sin sa seomra seo leat agus í leathnocht i lár na hoíche aréir? Nach leor é sin de chúis go labharfá leis?"

Rinne mé machnamh ar an méid a bhí ráite aici. Ansin d'inis mé an scéal ar fad di faoi Cynthia, faoi mar a raibh eagla uirthi go raibh duine éigin ag faire uirthi agus faoin gcineál oibre a chleachtadh sí i mBaile Átha Cliath.

D'éist Colette liom agus a súile ag *bolgadh ina ceann le hiontas.

"Tá sin aisteach," ar sise.

"Conas?"

"Chonaic mé í féin agus de Faoite ag labhairt os íseal lena chéile i mBialann an Chúchulainn aréir. Caithfidh go ndearna sí *socrú éigin leis, go rachadh sí chuig a sheomra …"

".. ach is ina seomra a fuarthas an dá chorp .."

*ag bolgadh *bulging*   *socrú *arrangement*

". . tá's agam ach b'fhéidir gur thriail sé a seomra nuair nár tháinig sí chuige?"

"B'fhéidir é ach cén mhaith dúinn é sin a insint do Ó Brádaigh. An rud a tharlódh ná go mbeadh *drochiontaoibh aige asainn . . bhuel asam ar aon nós. Ní fhéadfainn cur suas leis dá mbeadh sé ag faire orm. Rachainn as mo mheabhair ar fad."

"Táim cinnte, a Labhráis, gur chuala mé coiscéimeanna ag gabháil timpeall an dhorchla ag uair mhairbh na hoíche aréir. Mheas mé fiú gur thriail duine éigin murlán an dorais. Táim sceimhlithe i mo bheatha, a Labhráis. Cad a dhéanfaidh mé anocht?"

"Is féidir leat fanacht anseo má's maith leat, a Cholette. Ní chuirfidh mise isteach ná amach ort."

"Go raibh míle maith agat, a Labhráis. Táim thar a bheith buíoch díot."

*drochiontaoibh *mistrust*

Caibidil a Ceathair Déag

Siúlóid

Teastaíonn ón mBleachtaire Ó Brádaigh labhairt liom. Téim amach ag siúl. Feicim agus cloisim rudaí aisteacha ar siúl agus mé amuigh faoin aer.

Ghlaoigh an Bleachtaire Ó Brádaigh i *leataobh orm tar éis an lóin.

"Ba mhaith liom cúpla focal a bheith agam leat, a Labhráis," ar seisean, "an bhfuil aon seans go bhféadfá teacht chuig mo sheomra ar ball? Ag a leath i ndiaidh a dó, abair?"

"Cén seomra ina bhfuil tú?"

"Seomra 8."

"Ceart go leor."

Theastaigh uaim mo chosa a shíneadh agus chuaigh mé amach ag siúl.

Bhí Colm Mac Aogáin agus Gearóid Mac Mathúna ina seasamh ag binn an óstáin agus toitíní á gcaitheamh acu.

---

*i leataobh *to one side*

*i dtreo an aird *towards the high ground*

*maolchnoc *round hill, knoll*

*alltacht *horror*

*slogtha chun fána *swallowed downhill*

D'fhan mé ina dteannta ar feadh tamaillín agus ansin shiúl me suas *i dtreo an aird.

Bhí cuma bháite, sceirdiúil ar an áit is cé nach raibh sé ach thart ar a deich chun a dó um thráthnóna bhí sé ag éirí dorcha cheana féin.

Rinne mé iarracht ar dhreapadh suas chomh fada le *maolchnoc a bhí os cionn an óstáin. D'éirigh liom é a bhaint amach ar éigean. Chuir an radharc thíos fúm *alltacht orm. Bhí leath an mhaolchnoic ar gach taobh díom *slogtha chun fána ag an maidhm thalún. Bhí *dubhpholl béal-leathan ag síneadh anuas go bun an ghleanna is d'fhéadfainn cruth an droichid maraon le coirp chaorach, *bolláin mhóra, toir aitinn agus mórán nithe eile a dhéanamh amach ar bharr na maidhme talún.

Bhí mé *ar tí an maolchnoc a thréigint agus m'aghaidh a thabhairt ar an óstán arís nuair a thug mé rud aisteach faoi deara.

Bhí an bainisteoir, Antaine Mac Réamoinn, agus an 'corp' Ó Murchú ag an gcúldhoras agus iad ag argóint lena chéile.

Bhí a ghuth ardaithe ag Mac Réamoinn agus é ag tabhairt *íde na muc is na madraí dá fhreastalaí.

Ní fhéadfainn gach focal a chlos ach chuala mé na focail 'gheobhaidh mé duine eigin eile' agus 'tá *bata agus bóthar ag dul duit' ag teacht ó Mhac Réamoinn agus 'déan sin má's maith leat' ag teacht ón 'gcorp'.

---

* dubhpholl béal-leathan
  a yawning dark hole

* bolláin *boulders*

* ar tí *on the point of*

* íde na muc is na madraí
  terrible abuse

* bata agus bóthar *dismissal*

Ansin, dhún Mac Réamoinn an cúldhoras de phlab agus chuaigh an 'corp' trasna an chlóis agus isteach sa seid adhmaid a bhí ann.

Ní ró-fhada ina dhiaidh sin go bhfaca mé ár dtreoraí ar an mbus, Tadhg Ó Síocháin, ag teacht timpeall cúinne an óstáin agus ag dul isteach sa seid freisin.

Bhí mé nach mór tagtha anuas ón maolchnoc faoin am sin is rinne mé mo bhealach go discréideach ar dheis go raibh mé i mo sheasamh taobh thiar den seid adhmaid. D'fhéach mé isteach tríd an bhfuinneog bheag a bhí ann is bhain an radharc a bhí os mo chomhair stangadh asam.

Bhí an bheirt fhear *snaidhmthe ina chéile is bhí Ó Síocháin ag iarraidh an 'corp' a chur ar a shuaimhneas.

"Ná bac leis, a chroí," ar seisean *go ceanúil is é á phógadh go paiseanta, "níl ann ach bulaí. Is féidir leat post níos fearr a fháil i mBaile Átha Cliath. Is féidir leat filleadh liomsa amárach nó Dé Luain nó pé lá a bheimid ag dul thar n-ais agus fanacht i *m'árasán ar an gCuarbhóthar Theas. Beidh *neart postanna le fáil agat is ní bheidh ort cur suas leis an mbulaíocht níos mó."

Lean sé á phógadh agus a cheann ar a bhaclainn aige.

Níor fhan mise níos faide ach shleamhnaigh mé go cúramach trasna an chlóis gur éirigh liom an príomhdhoras a bhaint amach.

Bhí go leor feicthe agus cloiste agam.

---

* snaidhmthe ina chéile *wrapped around each other*

* go ceanúil *lovingly*

* árasán *flat, apartment*

* neart *plenty (of)*

Caibidil a Cúig Déag

Ceisteanna

Cuireann an Bleachtaire Ó Brádaigh a lán ceisteanna crua orm. Éirímse feargach leis. Is duine cliste é ach táimse maith a dhóthain dó!

Chnag mé ar Dhoras 8 agus lig Ó Brádaigh isteach mé.

Bhí mé leisciúil go maith ag dul ar cuairt chuige mar nach raibh mé ró-chinnte faoi fáth na cuairte.

Thosaigh sé do mo cheistiú láithreach.

"N'fheadar," ar seisean, "cad chuige ar roghnaigh Gearóid Mac Mathúna tusa mar *phriomhamhrasán an mhurdair ar maidin?"

D'éirigh mé cantalach leis.

"Níl tuairim agam agus is ró-chuma liom. Ar aon nós ní raibh sé ach ag tagairt don mbréagmhurdar. Ní thuigim fáth do cheiste."

"Tá go maith. An bhfuil aon eolas agat i dtaobh an fhíormhurdair, a Labhráis?"

"Níl puinn eolais agam, a dhuine uasail. Táim díreach chomh dall le gach éinne eile i dtaobh na gcúrsaí seo."

53

*príomhamhrasán *main suspect*

"An bhfuil anois! Bhí aithne mhaith agatsa ar Dhónall de Faoite, nach raibh?"

"Ní déarfainn go raibh aithne mhaith agam air. Táimid ag obair le chéile san oifig chéanna sa Roinn Oideachais agus Eolaíochta i mBaile Átha Cliath le deich mbliana anuas. Ní haon *rún é nár réitíomar riamh lena chéile. Bhí Dónall *an-éifeachtach agus an-*dhíograiseach ach bhí sé ró-údarásach domsa ach go háirithe."

"Bhí sé níos sinsearaí ná tusa ná raibh?"

"Tá's ag an saol é sin. Príomhchigire na Roinne Gaeilge is ea . . ba ea é faid is nach bhfuil ionamsa ach cigire sóisearach."

"Ach bheifeá *i dteideal a phost a fháil . . .?"

Las mé le *racht feirge.

"Níl aon dealramh leis an méid sin. Nuair a thiocfaidh an *folúntas suas - má thagann - beidh mé in ann cur isteach air cosúil le gach duine eile. Ach níl aon chinnteacht ann go dtiocfaidh sé suas ná go gcuirfidh mise isteach air ná go bhfaighidh mé é fiú . ."

". . tá's agam. An raibh de Faoite pósta?"

"Bhí sé pósta ach tá sé scartha óna bhean le scór bliain anuas. Ní raibh aon pháistí acu, go bhfios dom."

"Ar léirigh sé spéis faoi leith i mná óga?"

D'fhéach mé air agus mo bhéal *ar leathadh.

---

*rún *secret*

*an-éifeachtach *very effective*

*díograiseach *enthusiastic*

*i dteideal *in line for*

*racht feirge *fit of rage*

*folúntas *vacancy*

*ar leathadh *wide open*

"Níl tuairim faoin spéir agam. Choinníodh sé a shaol príobháideach an-phríobháideach go deo. Ní fhaca mé riamh i dteannta mhná é. Ar ndóigh, ba bheag caidreamh sóisialta a bhí agamsa leis."

"Agus cad faoi Cynthia?"

"Cad fúithi?"

"Bhí sí i do sheomra aréir, nach raibh?"

Bhain an cheist geit asam. Níor thuig mé go mbeadh an t-eolas sin aige. Arbh amhlaidh go raibh sé ag labhairt le Colette? Bheadh orm a bheith an-chúramach.

"D'ordaigh mé deoch uaithi sa bheár agus thug sí an deoch sin chuig mo sheomra."

"Cén t-am ar tharla sé sin?"

"Nílim ró-chinnte. Bhí sé roimh a dó a chlog ar maidin ar aon nós."

"Agus ar tháinig sí isteach sa seomra chugat?"

"Níor tháinig. Bhí an chuma uirthi go raibh sí faoi dheifir."

D'fhéach sé sna súile orm.

"Agus ar thug sí cuireadh duit dul chuig a seomra?"

Labhair mé go feargach leis.

"Níor thug. Cad chuige go ndéanfadh sí a leithéid. Níl .. ní raibh inti ach bean óg, tar éis an tsaoil."

"Sea, bean óg! Bean óg a bhí *ag saothrú airgid

---

* ag saothrú *earning*

mhóir as a hóige agus as a háilleacht, de réir dealraimh."

"Cé dúirt é sin leat?"

"Cé a dúirt cad é liom?"

"Go bhfuil sí . . go raibh sí . . go raibh sí ag feidhmiú . . mar . . mar . ."

". . mar *striapach atá i gceist agat, nach ea? Thug sí cuireadh dom féin arú aréir dul chuig a seomra . ."

". . agus ar ghlac tú lena cuireadh . . ?"

Tháinig *cuthach feirge air.

". . nílimse chun a leithéid de cheist ghránna, mhaslach a fhreagairt! Anois tá cead agat imeacht. Beidh mé ag caint leat arís."

"Beidh mé ag tnúth go mór le sin," d'fhreagair mé go searbhasach agus mé ag fágáil an tseomra.

---

*striapach *prostitute*   *cuthach feirge *a fit of rage*

Scoite Amach

Bíonn atmaisféar an-ghruama sa bhialann ag am dinnéir. Níl solas ar bith san óstán de bharr na stoirme seachas solas coinnle. Éistimid le Nuacht an Iarthair ar Raidió na Gaeltachta. Téim féin agus Colette a luí.

Bhí an t-atmaisféar ag am dinnéir sa Chúchulainn *osréalach amach is amach. Bhí gach éinne tostach is bheifeá in ann an *teannas sa bhialann a ghearradh le scian ime.

Shuigh an Bleachtaire Ó Brádaigh ag ceann an bhoird is shuigh mé féin is Colette trasna óna chéile, mar a rinne Colm Mac Aogáin agus Gearóid Mac Mathúna, Áine Ní Loinsigh agus Tadhg Ó Síocháin.

Tháinig an bainisteoir Mac Réamoinn isteach is dúirt sé go mbeadh ar dhuine éigin dul trasna na habhann ar maidin is go raibh sé ag glacadh le *tairiscint ó dhuine ar bith a raibh ar a chumas snámh a dhéanamh.

Thairg Gearóid Mac Mathúna go ndéanfadh sé é dá mbeadh an mhaidin tirim is dá mba rud é nach

---

*osréalach *surreal*   *tairiscint *offer*

*teannas *tension*

mbeadh tuile mhór san abhainn.

"Tá seans maith ann go mbeidh na *seirbhísí éigeandála anseo go moch ar aon nós is nach mbeidh ortsa an abhainn a thrasnú, a Ghearóid," arsa Mac Réamoinn.

Leag sé raidió beag ar an mbord.

"Oibríonn sé seo ar *cheallraí" ar seisean, "is féidir linn éisteacht leis an Nuacht ag a sé a chlog. Dála an scéil, tá neart coinnle fágtha sa bhforsheomra agam daoibh. Beirigí libh trí nó ceithre cinn an duine ar ais chuig bhur seomraí, ach bígí cúramach nach gcuirfidh sibh an áit trí thine. Tá go leor trioblóidí againn mar atá."

Bhí tuairisc fhada ar Nuacht an Iarthair faoin stoirm agus faoin maidhm thalún i mBaile an tSléibhe. Rinneadh cur síos ar an *dochar* a bhí déanta ag an stoirm agus ag na *gearrthacha cumhachta. Bhí mír faoi leith dírithe ar cheantar an Droichid Bhig:

'Bhuail an chuid ba mheasa den stoirm ceantar an Droichid Bhig. Baineadh díonta de thithe is maraíodh ba is caoirigh. Sciob maidhm thalún amháin an droichead chun siúil agus chomh fada agus is eol dúinn tá Óstán an Droichid Bhig *scoite amach ar fad gan leictreachas, gan líne ghutháin, gan teagmháil ar bith leis an saol mór."

Dúradh go raibh an chuid ba mheasa den stoirm thart is go mbeadh na seirbhísí éigeandála agus Bord Soláthair an Leictreachais ar a ndícheall amárach

---

*seirbhísí éigeandála *emergency services*

*ceallraí *batteries*

*gearrthacha cumhachta *power cuts*

*scoite amach *cut off*

ag iarraidh an chumhacht a thabhairt thar n-ais agus línte a bhí leagtha ag an stoirm a *n-athchóiriú.

Tar éis an dinnéir rinne an Bleachtaire Ó Brádaigh iarracht ar gach éinne a chur ar a suaimhneas.

"Tá a bhfuil tarlaithe tarlaithe," ar seisean, "is tá súil agam go mbeidh na gardaí anseo amárach chun fiosrúchán ceart a chur ar bun. Idir an dá linn molaim do gach éinne agaibh a bheith san airdeall anocht is bhur ndoirse a choinneáil faoi ghlas i rith na hoíche. Má chloiseann sibh nó má fheiceann sibh aon ní *as an gcoitiantacht , tagaigí chugam láithreach. Táimse i Seomra 8 is fágfaidh mé mo dhoras ar an laiste ar feadh na hoíche."

Nuair a bhí an dinnéar ite againn d'fhágamar Bialann an Chúchulainn is thug cuid againn aghaidh ar an mbeár.

Ní raibh fonn cainte ar éinne. D'fhan mé féin, Colette, Colm Mac Aogáin agus Gearóid Mac Mathúna i dteannta a chéile i ngrúpa amháin. D'fhan Áine Ní Loinsigh, an Bleachtaire Ó Brádaigh agus Tadhg Ó Síocháin i ngrúpa eile.

Bhí cuma ghruama ar an áit faoi sholas an lampa íle. Mar sin féin bhain mé taitneamh as na deochanna a d'ól mé is bhí Colette suite taobh liom is mhothaigh mé teas a coirp nuair a theagmhaigh ár gcosa lena chéile faoin mbord.

Nuair a bhí Áine Ní Loinsigh ag fágáil an bheáir, *mhoilligh sí ag ár mbord ar a bealach amach.

"Nach n-éiríonn tú riamh tuirseach de bheith ag iarraidh mná a mhealladh?" ar sise go searbhasach liom.

"Bhuel, caithfidh duine éigin iarracht a dhéanamh!" an freagra *giorraisc a thug mé uirthi.

D'imigh sí léi agus chonaic mé í ag comhrá os íseal le Ó Brádaigh ag an doras sular fhág sí an beár.

D'imigh gach éinne ansin ina nduine is ina nduine go dtí nach raibh fágtha ach mé féin, Colette agus Tadhg Ó Síocháin.

Bhí Tadhg ina shuí leis féin ag an gcuntar is comhrá ar siúl idir é féin agus an 'corp' a bhí ag freastal taobh thiar den mbeár.

Nuair a thug mé faoi deara go raibh an 'corp' ag éirí *mífhoighneach linn, *chaoch mé súil go discréideach ar Cholette.

"Is fearr dúinn dul a luí," dúirt mé léi, "agus na leannáin a fhágáil leo féin!"

D'fhéach sí orm le hiontas ina súile. Bhí sé soiléir nár thuig sí an bhrí a bhí *ceilte i mo chuid cainte.

*giorraisc *abrupt*   *chaoch mé súil *I winked*
*mífhoighneach *impatient*   *ceilte *hidden*

Caibidil a Seacht Déag

Díoltas

Cloisim féin agus Colette coiscéimeanna amuigh sa dhorchla. Lasaim coinneal is téim ag fiosrú an scéil. Fágaim Colette i mo dhiaidh sa seomra codlata. Gluaiseann rudaí ar aghaidh go sciobtha ina dhiaidh sin.

Tháinig Colette go dtí an seomra liom agus níor chaith ceachtar againn an oíche ar an tolg. Snaidhmthe lena chéile sa leapa mhór dhúbailte a bhíomar. Tar éis an *chaidrimh chollaí, shín Colette í féin ar mo bhrollach, a lámha fáiscthe timpeall mo mhuiníl aici. Phléamar an bréagmhurdar agus na fíormhurdair.

Dúirt mé léi go raibh mé den tuairim gurbh é Tadhg Ó Síocháin an bréagdhúnmharfóir. D'fhiafraigh sí díom cad chuige a raibh mé den tuairim sin.

"Bhuel, tá an bheirt acu *aerach is ceapaim gur thug Ó Síocháin nimh don bhfreastalaí bocht mar go raibh eagla air go *sceithfeadh Ó Murchú an rún go raibh sé aerach is nár theastaigh ó Thadhg go mbeadh an t-eolas sin ag gach éinne."

---

* caidreamh collaí *sexual intercourse*

* sceithfeadh *would divulge*

* aerach *gay*

"*Easaontas idir leannáin nó éad ba chúis leis, táim cinnte de," dúirt mé léi, "is measaim go n-oireann an leid sin a tugadh dúinn: 'Ní mar a shíltear a bhítear' don tuairim atá nochtaithe agam."

"Nach tú atá cliste," ar sise is í do mo phógadh go grámhar, "anois cad faoi na fíormhurdair? Cé a rinne iad siúd, dar leat?"

Dúirt mé léi nach raibh tuairim dá laghad agam murach gur duine a bhí i ngrá le Cynthia a rinne í féin agus de Faoite a dhúnmharú i *dtaom éada.

"B'fhéidir gurb é an duine céanna a thug buille sa chloigeann duitse. B'fhéidir go bhfaca sé Cynthia ag dul isteach i do sheomra."

"Ceapann Ó Brádaigh go raibh baint éigin agamsa leis," dúirt mé léi.

Leath an dá shúil uirthi le heagla is le hiontas.

Dhírigh sí í féin suas sa leaba.

"Tusa?" ar sise go dochreidte.

"Sea, mise. Ní dóigh liom gur chreid sé mé nuair a dúirt mé gur rinneadh ionsaí orm ar maidin. Tá's agam go bhfuil drochiontaoibh aige asam."

Ní raibh na focail ach ráite agam nuair a chualamar scread ard, géar a bhain geit asainn.

Léim mé amach as an leaba.

D'aimsigh mé bosca lasán agus las mé coinneal.

D'fhan an bheirt againn inár dtost agus *cluas le

---

*easaontas *disagreement*

*i dtaomh éada *in a fit of jealousy*

*cluas le héisteacht *a listening ear*

héisteacht orainn. Ansin chualamar coiscéimeanna amuigh sa dhorchla. Chuir mé mo chuid éadaigh orm go tapa. Agus mo bhróga.

Las mé coinneal eile.

Thóg mé an choinneal sin agus thosaigh mé ag dul i dtreo an dorais.

"Cá bhfuil tú ag dul, a Labhráis? Ná fág anseo i m'aonar mé."

"Caithfidh mé an rud seo a fhiosrú," duirt mé léi. "Fan mar a bhfuil agat. Ní bheidh mé ró-fhada."

"Bí cúramach amuigh ansin, a Labhráis, in ainm Dé, is tar thar n-ais chugam chomh tapa agus is féidir leat."

Bhain mé an glas den doras agus d'oscail mé é. Le solas na coinnle rinne mé mo bhealach síos an dorchla go dtí gur tháinig mé chomh fada le Seomra 8.

Chnag mé os íseal ar an doras. Thug me faoi deara go raibh an doras *ar faonoscailt.

"A Bhleachtaire, an bhfuil tú istigh?" d'fhiafraigh mé agus mo chloigeann sáite isteach an doras agam.

Ní bhfuair mé aon fhreagra.

Ag an nóiméad sin chuala mé guthanna ag labhairt áit éigin in aice liom. Bhí siad ag teacht ón seomra a bhí trasna an dhorchla uaim.

Seomra 7.

Sara raibh deis agam aon rud a dhéanamh chuala

*ar faonoscailt *ajar*

mé doras ag oscailt níos faide síos an dorchla.

Mhúch mé mo choinneal is bhog mé isteach i Seomra 8. Tríd an *scoilt sa doras chonaic mé duine éigin ag teacht. Bhí tóirse ar lasadh ag pé duine a bhí ann.

Chuaigh an duine tharam *ar bharraicíní.

Chuala mé doras eile ag oscailt. Tríd an scoilt chonaic mé duine éigin ag teacht amach as Seomra 7. D'imigh an duine sin an treo céanna leis an té a raibh an tóirse aige.

Ansin baineadh geit uafásach asam nuair a chuala mé duine éigin ag bogadh taobh thiar díom sa dorchadas.

"Cé atá ann?" d'fhiafraigh mé go faiteach ach ní bhfuair mé d'fhreagra ach sraith d'fhuaimeanna *balbha.

Agus mo lámha ag crith ar nós duilleoga ar chrann, las mé an choinneal arís agus chuaigh mé i dtreo na fuaime.

Tháinig crith cos agus lámh orm nuair a chonaic mé cé a bhí ann.

Bhí an Bleachtaire Ó Brádaigh caite ar an leaba agus a lámha agus a chosa ceangailte le téad. Bhí a bhéal clúdaithe le *téip ghreamaitheach agus bhí an fear bocht *i ndeireadh na feide, nach mór.

Bhain mé an téip dá bhéal agus scaoil mé saor é.

"Cé a rinne é seo?" d'fhiafraigh mé de.

---

* scoilt *crack*

* ar bharraicíní *on tiptoes*

* balbha *muffled*

* téip ghreamaitheach *sticking tape*

"Ná bac le sin anois, a Labhráis," ar seisean, "ní mór dúinn brostú sula mbeidh duine eile básaithe. An bhfaca tusa aon ní as an gcoitiantacht?"

D'inis mé dó faoin méid a bhí feicthe agus cloiste agam.

D'aimsigh sé tóirse agus chuir sé a chóta air.

"Rachaimid síos i dtreo do sheomra," ar seisean, "is cuir *bior ar do shúile agus bíodh cluas le héisteacht ort."

Síos an dorchla linn is nuair a bhíomar ag dul thar Seomra 13 - mo sheomra - chualamar guthanna istigh ann.

D'inis mé i gcogar don mBleachtaire go raibh Colette istigh ann ina haonar.

"Níl sí ina haonar a thuilleadh," ar seisean i gcogar liom. Thóg sé gunna as póca a chóta.

"Muna bhfuil dul amú orm tá duine eile ag feitheamh chun fáilte a chur romhat istigh ansin. Táimse chun *ruathar a thabhairt faoin doras anois."

Thug sé faoin doras agus bhain de na *bacáin é. Bhí an tóirse i lámh amháin aige agus an gunna sa lámh eile.

"Fan mar a bhfuil agaibh!" bhéic sé in ard a chinn is a ghutha leis an mbeirt a bhí ina seasamh le colbha na leapa.

Bhí mé in ann Colette a aithint ina luí ar an leaba, téip ag clúdach a béil agus *ceangal na gcúig gcaol uirthi.

65

---

* i ndeireadh na feide *at the end of (his) tether*

* bior ar do shúile *look sharp*

* ruathar *rush*

* bacáin *hinges*

* ceangal na gcúig gcaol uirthi *tied hand and foot*

Bhí scian ina lámh ag an duine ba lú den mbeirt.

"Cuir síos an scian sin anois!" bhagair an Bleachtaire. Thit an scian ar an urlár ach ag an nóiméad sin léim an duine eile i ndiaidh a chinn amach an fhuinneog. Rinneadh smidiríní den ngloine agus chualamar *tuairt tholl agus scread péine nuair a bhuail an té a léim an choincréit lasmuigh.

"Caithfidh go ndearna sé dearmad go bhfuil *íoslach lasmuigh den bhfuinneog sin," arsa an Bleachtaire, "ní dóigh liom go mbeidh ar a chumas siúl arís."

Lig an duine eile a bhí ina seasamh ansin cois leapa béic aisti a chloisfeá míle ó bhaile.

Bean a bhí inti! Thit an lug ar an lag agam. Bean mheánaosta. Áine Ní Loinsigh.

Chuaigh an Bleachtaire suas chuici is rug sé greim ar a gualainn.

"Cén mhíniú atá ar seo, a Áine?" d'fhiafraigh sé di go giorraisc.

"An *cladhaire sin os do chomhair is cúis leis an rud go léir," ar sise leis agus í ag díriú a méire i mo threo.

"Mise! Cad a rinne mise as an tslí, a bhean gan chiall?"

"Cad a rinne tú as an tslí, an ea!" ar sise liom agus gráin shíoraí ina súile. "Thréig tú mé sé bliana is fiche ó shin, mé féin is mo mhac."

---

* tuairt tholl *a hollow thud*   * cladhaire *coward*

* íoslach *basement*

"Tú féin is do mhac? An as do mheabhair atá tú?"

"Sea, mo mhac agus do mhac freisin, a chladhaire. B'shin é ár mac a léim amach an fhuinneog sin agus atá anois i mbéal an bháis."

Bhí *triomacht uafásach i mo scornach. Ní raibh ar mo chumas m'anáil a tharraingt.

Rinne sí gáire *fonóideach, maslach.

"Sea, ba é do mhac a d'eagraigh an rud seo ar fad. Ba é a cheannaigh an ticéad duit is ba é a thug anseo tú. Cad chuige? Go bhféadfadh sé do scornach a ghearradh, *a leibide gan mhaith. Mharaigh sé an bheirt eile aréir trí thimpiste. Mheas sé gur tusa a bhí sa seomra le Cynthia .. Cynthia! .. pé mí-ádh a bhí air riamh bualadh léi agus titim i ngrá léi nuair nach raibh inti riamh ach striapach .. *sraoilleog. Rinne sé iarracht arís ar maidin nuair a bhí tú amuigh ag féachaint ar an mhaidhm thalún. Bhí seans iontach aige ansin mar cheapfadh gach éinne gur tusa a mharaigh an bheirt agus go raibh tú ag iarraidh éalú nuair a scuab an mhaidhm thalún léi tú. Ach ní foláir go bhfuil cloigeann an-chrua agat. Ach dúirt mise leis gan a mhisneach a chailliúint is go mbeadh lá eile ag an bPaorach is go ndéanfainn féin tú a shá leis an scian anocht is tú i dteannta na sraoilleoige eile seo," ar sise ag caitheamh a súl i dtreo Colette.

Bhí mearbhall orm.

"Mo .. mo ..mh... mo .. mhac? Ní raibh tuairim dá laghad agam go raibh tú ag iompar linbh nuair a

---

* triomacht *dryness*

* fonóideach *mocking*

* leibide *messer*

* sraoilleog *slut*

scaramar óna chéile . . . cén fáth ná dúirt tú tada liom ina thaobh? Bheinn sásta mo chuidse a dhéanamh . ."

". . do chuidse a dhéanamh! Éist leis! A leithéid *d'fhimíneach! Is tú thuas ansin i mBaile Átha Cliath *ag bualadh craicinn le gach bean a tháinig i do threo . ."

". . níl sé sin fíor! Rinne mé iarracht teagmháil a dhéanamh leat ach chuir do thuismitheoirí ó dhoras mé . ."

". . agus ní gan chúis, a *shlíomadóir gan mhaith! Anois, téigh amach chun cainte le do mhac faid is atá an *dé deiridh fágtha ann, má tá."

"Cé hé . . cé hé mo . . mo mhac . .?"

"Antaine Mac Réamoinn . . bainisteoir an óstáin seo a rugadh is a tógadh i Sasana . . mo mhaicín álainn, tréigthe," ar sise is na deora léi, "féach an *oidhreacht a d'fhág tusa aige, a bhreallsúin lofa!"

Rinne sí iarracht briseadh saor ach cheansaigh Ó Brádaigh í.

"Scaoil an bhean sin ar an leaba saor tusa!" ar seisean liom, "is cuideoidh sí liom í seo a cheangal i gceart."

Scaoil mé Colette saor. Thug Ó Brádaigh a thóirse dom.

"Téigh amach tusa féachaint cad é mar atá ag . . ag do . . do mhac . . amuigh ansin."

D'fhág mé iad is rinne mé mo bhealach síos an dorchla i dtreo an phríomhdhorais.

* fimíneach *hypocrite*
* ag bualadh craicinn *having sex*
* slíomadóir *slime ball*
* an dé deiridh *the last breath*
* oidhreacht *inheritance*

Caibidil a hOcht Déag

Doilíos Athar

Tá Antaine marbh agus táimse trína chéile ar fad.

Bhí sé marbh nuair a shroich mé an an chearnóg bheag choincréite ar aghaidh an íoslaigh amach. Bhí a chloigeann *scoilte is bhí linn fola ar an dtalamh in aice leis.

Chuaigh sé dian orm na deora a choinneáil siar.

Ní fhéadfainn an rud ar fad a chreidiúint. Bhí sé dochreidte.

Dhírigh mé an tóirse ar a *cheannaithe.

Bhí a cheannaithe reoite i *strainc feirge, rud a bhain siar go mór asam.

Conas ar fhás an fuath sin go léir ina chroí i mo leith? Cé a *ghríosaigh chun díoltais é agus a chothaigh an ghráin ina aigne gur neadaigh sí inti ina *nathair *ghangaideach, mhailíseach nimhe?

Chroith mé mo cheann go fann, *doilíosach.

Ba í a mháthair an duine sin.

---

* scoilte *split open*
* ceannaithe *features*
* strainc feirge *absolute rage*
* ghríosaigh *incited*

* nathair nimhe *a poisonous snake*
* gangaideach *spiteful*
* doilíosach *mournfully*

Caibidil a Naoi Déag

Tromluí

Tagann na seirbhísí éigeandála an mhaidin dar gcionn. Gabhann na Gardaí Áine Ní Loinsigh agus tógann leo í. Tá mé féin i ndeireadh na feide ar fad.

Thrasnaigh na Gardaí agus baill eile de na seirbhísí éigeandála an abhainn i mbáidín beag rubair.

Ó dhoras an óstáin bhí otharcharr, bus agus neart scuadcharranna le feiscint trasna na habhann uainn.

Thóg beirt gharda Áine Ní Loinsigh leo. Bhí a ceann cromtha aici agus a haghaidh ar dhath an tsneachta.

Sheas mé féin ansin ar nós deilbhe marmair. Bhí an rud ar fad *iomarcach dom is ní fhéadfainn dul i ngleic lena raibh tarlaithe ó aréir.

*Tromluí a bhí ann. Tromluí uafásach is bhí mé ag súil go ndúiseoinn nóiméad ar bith is go mbeadh an tromluí críochnaithe.

Bheadh an bus ag fágáil an óstáin ag meánlae.

Bheadh ar na gardaí láthair na ndúnmharaithe a

70

---

*iomarcach *too much*   *tromluí *nightmare*

*chaomhnú agus roinnt fiosrúchán a dhéanamh go dtí go dtiocfadh *Paiteolaí an Stáit.

Bhí fonn millteanach orm féin *teitheadh as an áit.

* a chaomhnú *to preserve*   * teitheadh *flee*

* paiteolaí *pathologist*

Caibidil a Fiche

Réiteach na Mistéire

Éiríonn le Colm Mac Aogáin an bréagmhurdar a réiteach. Táimse ró-thrína chéile le suim a léiriú i rud ar bith.

Bhí mé féin *ró-thrína chéile le réiteach an bhréagmhurdair a nochtadh don mBleachtaire Ó Brádaigh. D'iarr mé ar Cholette *gar a dhéanamh dom ach dhiúltaigh sí focal a rá.

"Is ball den chomhlacht mise, a Labhráis, tar éis an tsaoil. Ní bheadh cead agam tada a rá. Chaillfinn mo phost dá mbeadh a fhios acu gur fhan mé leat aréir. Tá súil agam go gcoinneoidh Ó Brádaigh a bhéal dúnta …"

".. ná bí buartha faoi," dúirt mé léi, "tá poist níos fearr le fáil ná an ceann seo atá agat, nach bhfuil?"

"Is dócha go bhfuil, a Labhráis."

Ar *ámharaí an tsaoil, d'éirigh le Colm Mac Aogáin an *dhúcheist a réiteach. Mhínigh sé dúinn go raibh sé in amhras faoin treoraí, Thadhg Ó Síocháin, ón tús.

"Is é siúd an t-aon duine a raibh cúis aige Ó Murchú

---

* ró-thrína chéile *too upset*

* gar *favour*

* ar ámharaí an tsaoil *as luck would have it*

* dúcheist *puzzle*

a dhúnmharú mar bhí baol ann go sceithfeadh sé a rún, sé sin go bhfuil sé ina homaighnéasach is go raibh sé ag iarraidh é sin a cheilt ar an gcomhluadar."

Fuair Mac Aogáin bualadh bos ó gach éinne a bhí i láthair. Fuair sé trófaí beag maraon le dosaen buidéal fíona.

Bhí sé go breá sásta leis féin.

Rinneadh iontas de go raibh an 'corp' agus a 'dhúnmharfóir', Tadhg Ó Síocháin, ina suí ar an tolg sa bhforsheomra agus greim láimhe acu ar a chéile.

"Bíonn an fhírinne níos aistí ná an ficsean go minic", arsa Gearóid Mac Mathúna i gcogar is é ag croitheadh a chinn *go mearbhlach.

Bhí deireadh seachtaine na mistéire murdair thart is ní dóigh liom gur bhain oiread agus duine amháin againn taitneamh as.

Ba é an deireadh seachtaine b'uafásaí i mo shaol é. Dá mairfinn an dá chéad ní fhéadfainn dearmad a dhéanamh air.

Dúradh linn go bhféadfaimis ár n-airgead a fháil thar n-ais dá mba sin an rud a bhí uainn. Nó d'fhéadfaimis freastal ar dheireadh seachtaine eile mar é. Ní raibh fonn ar éinne é sin a dhéanamh. Bhí ár *seacht sáith againn de mhistéirí murdair.

Bhí fonn orainn bailiú as an áit ghránna ina rabhamar ar nós na gaoithe.

Agus ní bheimis thar n-ais. Go dtí go sroichfeadh ifreann an *reophointe!

---

* go mearbhlach *confusedly*   * reo-phointe *freezing point*

* seacht sáith *more than enough*

Caibidil a Fiche hAon

Giorraíonn Beirt Bóthar

Táimse i ndeireadh na feide ar fad. Táim cráite agus go mór trína chéile. Seasann Colette an fód liom.

Labhair Colette liom ar an mbus.

"Tuigim go bhfuil tú corraithe go mór de bharr na gcúrsaí seo, a Labhráis, ach táimse sásta *an fód a sheasamh leat."

D'fhéach mé uirthi agus deora i mo shúile.

"Ní gá duit é sin a dhéanamh, a Cholette. Ní duine deas mise. Is duine fíorghránna mé le bheith macánta. Loitim saolta daoine eile, mar is eol duit anois. Tá do shaol féin agat agus ba chóir duit taitneamh a bhaint as."

"Ba mhaith liom mo shaol a roinnt leatsa, a Labhráis. Ba mhaith liom é a chaitheamh i do chuideachta."

"Ach tá tusa ró-óg .."

Chuir sí a méar le mo bheola. D'fháisc mé chugam í agus phóg mé í go ceanúil.

---

* an fód a sheasamh leat
  to stand by you

"Tá bóthar fada romham amach, a Cholette, tá's agat é sin?"

"Tá's agam, a Labhráis, ach is beag bóthar ná bíonn casadh ann."

Neadaigh sí a ceann ar mo ghualainn agus phóg mé í ar a clár éadain.

"Deir an seanfhocal," ar sise *go fealsúnta, "*go ngiorraíonn beirt bóthar. Bhuel, cabhróidh mise leat do bhóthar fada a ghiorrú. Ar mhaith leat go ndéanfainn é sin, a Labhráis?"

"Ba mhaith liom é sin, a Cholette," d'fhreagair mé i gcogar íseal, fann, "ba mhaith liom é sin go mór."

CRÍOCH

*go fealsúnta *philosophically*   *go ngiorraíonn beirt bóthar
                                    two people shorten the road

Gluais

ábhairín *a little bit*
abhcóide *barrister*
achrannach *difficult/uneven*
aerach *gay*
ainsprid mhallaithe *a malicious evil spirit*
aird *attention*
(ar an) airdeall *on the lookout*
(san) áireamh *included*
(in) aisce *wasted*
aisling áilleachta *a vision of beauty*
aisteoir *actor*
aithreachas *regret*
aitinn *furze*
alltacht *horror*
am soip *bedtime*
amhail *like*
(ar) ámharaí an tsaoil *as luck would have it*
amhrasach *suspicious*
anam: thit an t-anam asam *I died (Ba bheag nár ..) I very nearly*
aithne gan urlabhra *unconscious*
aoibh *expression (of)*
árasán *flat, apartment*
ard *high ground*
ardú céime *promotion*
athchóiriú *restore, repair*
bacán *hinge*
baclainn *arm/arms*
bailiú liom *heading off*
balbh *muffled, dumb*
barraicíní *tiptoes*
bata agus bóthar (a thabhairt do dhuine) *to dismiss (someone)*
binn *gable end*
bior ar do shúile *sharpen your eyes, look sharp*
biseach *improvement*
bleachtaire *detective*

bolgadh *bulging*
bolláin *boulders*
bord maiseacháin *dressing table*
bréagach *false*
brí *meaning*
bualadh craicinn *having sex*
bulaíocht *bullying*
bunaíodh *(it) was founded*
caidreamh *contact, relationship*
caidreamh collaí *sexual intercourse*
caidreamh sóisialta *social contact*
cailliúint *loss*
caoch *blind* (caoch i ngrá = *madly in love*)
caomhnú *preserve*
carbhat chuachóige *bow-tie*
cé is móite de *except for*
ceachtar *either, one or other of the two*
ceallraí *batteries*
ceangal na gcúig gcaol *tied hand and foot*
ceann *head (of table)*
ceannaithe *features*
ceanúil *loving*
ceathrú *hip*
ceilte *hidden*
ceird na bainistíochta *the managerial trade*
chaoch mé *I winked*
cinnteacht *certainty*
cladhaire *coward, thug*
clampar *noise, racket*
cloch mhíle *milestone*
cluas le héisteacht *a listening ear*
cnagaosta *elderly*
coinne *appointment*
coinnleoir *chandelier*
as an gcoitiantacht *out of the ordinary*
colbha na leaba *the side of the bed*
comhartha *signal*

comhghleacaí *colleague*
comhlacht *company*
corraithe *upset*
corraitheach *exciting*
créacht *wound, gash*
creathán *shake/quiver*
crith cos agus lámh ar *shaking hand and foot*
cúis an mhurdair *the motive for the murder*
cuisleanna *veins*
cuma: is cuma sa tsioc *(I) couldn't care less*
cumhacht *power*
cumhra *fragrant*
cupard scuaibe *broom cupboard*
cur ar ceal *to cancel*
cur i gcéill *deceit*
cuthach feirge *fit of rage*
dé deiridh *last breath*
dea-mhúnlaithe *nicely shaped*
dealbh *statue*
dealbh mharmair *a marble statue*
dealramh *sense*
deireadh an domhain *the end of the world*
diabhlaíocht *devilment*
díbirt *to drive out, expel*
dícheall: d'ainneoin mo dhíchill *in spite of my best efforts*
díograiseach *diligent*
discréideach *discreet*
dochar *harm*
doicheallach *forbidding, offputting*
doilíosach *mournfull*
doineann *bad weather*
domhantarraingt *gravity*
dorchla *corridor*
drochiontaoibh *mistrust*
drochmheas *disrespect*
dúbailte *double*

dúcheist *puzzle*

dúluachair *midwinter, the depth of winter*

eachtra *incident*

eagraíonn *organises*

easaontas *falling out*

éifeachtach *effective*

éigean *barely, scarcely*

éirí bréan de *to get sick of*

fáil réidh liom *get rid of me*

fáisceadh *to squeeze, pull towards*

fantas: titim i bhfanntas *to faint*

(ar) faonoscailt *ajar*

fead: i ndeireadh na feide *at the end of (his) tether*

fealsúnta *philosophical*

féidearthachtaí *possibilities*

feidhmeannach *executive*

fianaise *evidence*

filleadh *return*

filligí *return* (An Modh Ordaitheach, 2 Pearsa, Iolra)

fimíneach *hypocrite*

fírinneach *truthful*

fobhrístí *underpants*

(an) fód a sheasamh *to stand by*

foighneach *patient*

foirgneamh *building*

folúntas *vacancy*

fonóideach *mocking*

forbairt an phlota *development of the plot*

foréigean *violence*

forsheomra *foyer*

fostaithe *employed*

fothain *a sheltered side*

fraoch *heather*

gafa *trapped*

gal *steam*

gangaideach *spiteful*

gar *favour*
gealgháireach *bright and cheerful*
geallta *engaged*
gealt *lunatic, mad person*
gearánach *complaining*
gearrthacha cumhachta *power cuts*
ghríosaigh *incited, drove on*
giall *hostage*
giolcadh an ghealbháin *daybreak lit. the chirping of the sparrow*
giorraíonn beirt bóthar *two people shorten a road*
giorraisc *abrupt*
gíoscán *creaking*
glacadán *receiver (telephone)*
gléasta *dressed*
go míchothrom *unsteadily*
goile *appetite*
Gotach *Gothic*
gráin shíoraí *everlasting hatred*
greamaithe *attached*
greim an fhir bháite *the drowning man's (very tight) grip*
grua *brow*
iarleannán *ex lover/partner*
íde na muc is na madraí *the dogs and pigs abuse*
idir ionadh agus alltacht *both surprise and shock*
íle *oil*
imeagla *terror*
imníoch *anxious*
íomhá *image, picture*
ionathair *entrails/stomach*
íoslach *basement*
lá eile ag an bPaorach *(that there always) would be another day*
ladar *ladle*
laghad *little*
lámhleabhar *handbook*

lán na súl *eyeful*
lándáiríre *totally serious*
lardrús *larder*
leá *to melt*
leannán fir *male lover*
leataobh *to one side*
(ar) leathadh *wide open*
leathscoite *semi-detached*
leibide *messer*
leid *clue*
liodán *a litany*
luaithe *as soon as*
(thit an) lug ar an lag agam *I became disheartened*
luid éadaigh *a stitch of clothes*
maidhm thalún *landslide*
maolchluasach *sheepish*
maolchnoc *round hill, a knoll*
mealladh *enticement*
mealltach *enticing*
meandar beag *(for) a little while*
mearbhall *confusion*
mearbhlach *confused*
mheabhródh (sé) *(it) would remind*
mhúch mé *I switched off*
mífhoighneach *impatient*
mionsonraí *minor details*
mír *segment, scene*
misneach *courage*
murlán *(door) knob*
nathair nimhe *a poisonous snake*
neamhbhalbh *bluntly*
neamhní *nothing*
neamhshaolta *unnatural*
neart *plenty (of)*
neart: níl neart againn air *we cannot do anything about it*
ní foláir *(there) must be*

nimh *poison*
oidhreacht *inheritance*
ollmhór *huge*
osna *sigh*
osréalach *surreal*
paiteolaí an Stáit *the State pathologist*
Parthas Dé *God's Paradise*
pas *a little*
pianpháis *distress, anguish, agony*
piseogach *superstitious*
plimp *a bang*
póit *hangover*
ponc: i bponc *in a fix*
preab a bhaint as *to frighten, startle*
príomhamhrasán *main suspect*
racht feirge *a fit of rage*
ráfla *rumour*
ráithe *three months, season*
réamhaisnéis na haimsire *the weather forecast*
réiteach na mistéire *solving the mystery*
(níor) réitíomar *we didn't get on*
(ag) reo *freezing*
reophointe *freezing point*
rian *sign*
roithleán *reeling/spinning*
ruathar *rush*
rún *secret*
sábháilteacht *safety*
sáimhín só *contentment*
(ag) saothrú *earning*
scaipigí *scatter, (An Modh Ordaitheach, 2 pearsa, Iolra)*
scaipthe *scattered*
scartha *separated*
scéal thairis *old news*
sceimhlithe i mo bheatha *terrified out of my wits*
scéinséir *thriller*

sceirdiúil *bleak, windswept*
sceithfeadh sé *he would inform on*
sceon *terror*
scoilt *crack*
scoilteadh *to split*
scoite amach *cut off*
scór *twenty*
scoth *excellent*
seacht sáith *more than enough*
searbhas *sarcasm*
searbhasach *sarcastic*
séideánach *draughty*
seilbh *possession*
seirbhísí éigeandála *emergency services*
seoladh *to send*
siar: baineadh siar asam *I was taken aback*
slánaitheoir *saviour, redeemer*
sliocht *stock, ancestry*
slíomadóir *slime ball (person)*
slogtha chun fána *swallowed downhill*
snaidhmthe *wrapped around*
socrú *arrangement*
splanctha *crazy*
spochadh *jeering*
spor a chaitheamh i ndiaidh duine *to be crazy about someone*
sraoilleog *slut*
staicín aiféise *a laughing stock*
stangadh *shock, (process of being) taken aback*
(ag) stealladh *pouring (rain)*
strainc feirge *absolute rage*
striapach *prostitute*
(ag) suansiúl *sleepwalking*
suite *situated*
taibhse *ghost*
tairiscint *offer*
taom éada *a fit of jealousy*

tarraingteach *attractive*
tásc ná tuairisc *no trace or tidings*
teagmháil *contact*
teannas *tension*
teas na dí *the heat of the drink*
teideal: i dteideal *in line for*
téip ghreamaitheach *sticking tape*
teitheadh *flee, run away*
teolaí *warm*
(ar) tí *on the point of, just about to*
ag tnúth *looking forward to*
togha *excellent*
tóirse *torch*
(ar an) trá fholamh *stranded, lit. on the empty beach*
tráidire *tray*
tréan-iarracht *a great effort*
trédhearcach *see through*
tréigthe *deserted*
treoraí *guide*
trína chéile *upset*
triomacht *dryness*
tromluí *nightmare*
tuairt tholl *a hollow thud*
tuargaint *batter*
tuartha *predicted/forecasted*
tuile sléibhe *mountain torrent*
uafás *horror*
údarásach *authoritarian*

Nóta ar an Modh Coinníollach *(The Conditional Mood/Tense)*

Baintear úsáid as an Modh Coinníollach go minic sa leabhar seo. Úsáidtear an Modh Coinníollach:

(i)   nuair a bhíonn '*would*' nó '*could*' i gceist in abairt Bhéarla,

(ii) nuair a bhíonn 'dá' (*if*) nó 'mura' (*if not*) i gceist in abairt Ghaeilge.

Mar shampla: **Rachainn** abhaile **dá dtiocfadh** an tacsaí. (*I would go* home *if* the taxi *came* (*would come*).

Déarfainn gur fear ionraic é. (*I would say* that he's an honest man.)

D'fhéadfaimis dul ag iascaireacht **dá mbeadh** bád againn. (*We could go* fishing *if we had* (*would have*) a boat.)

Seo a leanas an riail don Modh Coinníollach. (Tábair faoi deara freisin nach n-úsáidtear 'mé', 'tú' ná 'siad' sa Mhodh Coinníollach.):

Dá (nó 'Mura') + Urú *(Eclipsis)* + Modh Coinníollach + Modh Coinníollach.

Dá mbeadh soineann go Samhain bheadh breall ar dhuine éigin.

(*If the fine weather lasted* (*would last*) *until November somebody would still sulk.*)

Dá n-íosfá an chíste ar fad d'éireofá tinn. (*If you ate* (*would eat*) *the whole cake, you would be sick.*)

D'ólfaidís deochanna dá mbeadh tart orthu. (*They would drink drinks if they were* (*would be*) *thirsty.*)

Briathra samplacha

d'fhéadfainn	déarfainn	bheinn
d'fhéadfá	déarfá	bheifeá
d'fhéadfadh sé/sí	déarfadh sé/sí	bheadh sé/sí
d'fhéadfaimis	déarfaimis	bheimis
d'fhéadfadh sibh	déarfadh sibh	bheadh sibh
d'fhéadfaidís	déarfaidís	bheidís

(Saorbhriathar)

d'fhéadfaí	déarfaí	bheifí

Baintear úsáid as an Saorbhriathar (*Independent Form of Verb*) nuair nach mbíonn **duine faoi leith** (*a specific person*) i gceist.

Samplaí den Saorbhriathar sa Mhodh Coinníollach:

D'fhéadfaí airgead mór a dhéanamh as sicíní. (*Big money could be made from chickens*)

Dá mbeadh timpiste aige **déarfaí** gur ar meisce a bhí sé. (*If he had (would have) an accident it would be said that he was drunk.*)

Ní bheifí ag súil le haimsir mhaith dá mbeadh scamaill sa spéir. (***One wouldn't*** *expect fine weather if there were (would be) clouds in the sky.*)

Míle Murdar!

Scéinséir Nua

MÍCHEÁL Ó RUAIRC

Irish Language
Collection

ff
Don Fhoghlaimeoir Fásta

Bord na Leabhar Gaeilge

Tá Comhar faoi chomaoin ag Bord na Leabhar Gaeilge as tacaíocht airgid a chur ar fáil le haghaidh foilsiú an leabhair seo.

Foilsithe ag Comhar Teoranta, 5 Rae Mhuirfean, Baile Átha Cliath 2.

ISBN 0 9550477-0-6

Leagan amach: Graftrónaic
Clúdach & léaráidí: Eithne Ní Dhúgáin
Clódóirí: Johnswood Press